U0902845

男朋友变成了猫

肖文悄悄／著

CNS PUBLISHING & MEDIA 中南出版传媒
湖南文艺出版社
HUNAN LITERATURE AND ART PUBLISHING HOUSE

图书在版编目（CIP）数据

男朋友变成了猫 / 肖爻悄悄著. -- 长沙 : 湖南文艺出版社，2021.12

ISBN 978-7-5726-0409-6

Ⅰ. ①男… Ⅱ. ①肖… Ⅲ. ①故事－作品集－中国－当代 Ⅳ. ①I247.81

中国版本图书馆CIP数据核字(2021)第202118号

男朋友变成了猫

NANPENGYOU BIANCHENG LE MAO

作　　者：肖爻悄悄
出 版 人：曾赛丰
责任编辑：李　阔
出版统筹：邓　理
策划编辑：谌　俊
封面设计：罗静颖
封面绘制：在　野
内文设计：谭琼玉
出版发行：湖南文艺出版社
（长沙市雨花区东二环一段508号　邮编：410014）
网　　址：www.hnwy.net
印　　刷：湖南天闻新华印务有限公司
经　　销：新华书店
开　　本：880mm×1230mm　1/32
字　　数：165千字
印　　张：8
版　　次：2021年12月第1版
印　　次：2021年12月第1次印刷
书　　号：ISBN 978-7-5726-0409-6
定　　价：42.00元

目录
CONTENTS

Part 01 爱的变装秀

Part 02 都市奇幻化装舞会

现代童话复活节

Part 04

宇宙与科技的抒情诗

Part 01 爱的变装秀

雨男

相信的事情就会发生。

1

雨男敲我家门的时候，我正斜躺在沙发上看书，看的是《Y·N的奇幻旅行》。

“我能进来坐会儿吗？”他客气有礼地问道，嗓音舒缓温柔，仿佛萨克斯发出的低音。

我嗅到一股凉爽湿润的气息，接着是扑鼻而来的栀子花香。我将门开得大一点，让到一旁：“当然了，请进。”

雨男穿着一件黑白条纹的短T恤和一条杏色长裤，身姿修长，皮肤白得如同刚开封的A4打印纸，大大的眼瞳像是刚被擦拭过，又润又亮。他的头发没有打湿，衣裤也并未滴水，但我仍敢肯定，他就是雨男。

“给你泡杯热茶吧。”我看着他小心地在沙发上坐下，双手搁在膝盖上，腰背笔直。

他笑了："这大夏天呢。"

"怕你冷嘛。"

雨男的眼里掠过一丝惊讶，但很快又恢复了正常。道完谢后，他便安静地坐着，不再开口说话。

我打开柜子，取出红茶罐，在隔热玻璃杯里放入一小勺茶叶，接着拿起盛满沸水的细嘴壶，对着红茶慢慢地画着圈。杯底的茶叶立马舒展开，一个个伸起了懒腰，热气随着茶香溢出杯口。我端着红茶转过身，发现雨男正专注地看着我。

"对不起，我能用一下洗手间吗？"他瞬间回过神来，腼腆地笑了，仿佛觉得提出这个要求怪不好意思的。

"当然可以，出客厅后右转第一道门。"

雨男走后，我将红茶放在沙发前的小圆桌上，俯身摸了摸雨男刚才坐过的地方，那里凉得仿佛被井水浸过。

2

雨男重新坐回沙发上时，我又闻到了那股浓郁的栀子花香。我从不养花。

"我能住下来吗？"雨男啜了一小口红茶，看向我时眼睛好看地弯了起来，"恕我冒昧，刚才在洗手间看到了剃须刀和男士拖鞋，牙刷也多出了一把。"

"谈这个之前，能先回答我一个问题吗？"刚说完我就打了一个喷嚏，不知是我手里的冰水太凉，还是冷气开得太低。我看了一眼空调，可它并没有打开。

“当然，请问。”他彬彬有礼地朝我点点头。

“你是雨男，对吧？”

他愣了一下，眯起眼睛，颇为郑重地将玻璃杯放在桌上，再次点头。

“难怪！总觉得周围的空气中有一股凉意。”我憋得太久，一下子像打开了话匣子，“还有，你进门的时候我就闻到了花香。传说下雨时，当世间万物享受雨的润泽，雨男就会吸取天地自然之精华、花草树木之灵气。凡是他走过的地方，就会有花之香、木之气。”

“你相信这个传说？”雨男的眼睛亮了一下。

“当然信，相信的事情就会发生。”我肯定地道，接着一连打了好几个喷嚏。

“别喝冰水了，喝红茶吧。”雨男拿过我手里的杯子，抱歉地看着我，“对不起，我太冷了。要不……”

“没关系，没关系，”我赶紧道，生怕他离开，同时一把扯过堆在沙发角落里的空调被，“留下来吧。你住我家我都不用开空调了，夏天还能节省不少电费呢。”我用空调被裹住身子，“只是你的温度有点低，十六摄氏度？要是你能自我调控温度就更好了。”

“我刚从一个下过暴雨的沿海城市来，所以温度会低一些。那里的海岸线又直又长，岸边的栀子树开满了花……”他陷入了遐想，又抬头笑了，“抱歉，温度我做不了主，它取决于我旅行时经过了什么地方。”

“比如说？”我接过他递过来的红茶。

“下雨时，我身体的温度路过海洋比路过陆地低，路过森林比路过草原低，路过郊外比路过城市低。之前我通常是在大山、湖泊、森林、沼泽等地四处旅行，这两年来城市的次数增加了很多。”雨男停了一会儿，那对又黑又亮的眸子仿佛定住，“来城市后，我身上的香味淡了不少，我猜城市的人情味也比较淡吧，要不然为什么我敲开了那么多扇门，就只有你肯收留我？”

“你为什么要四处旅行呢？”我好奇地问。

“这个嘛……”他低下头，有些害羞，最后才勉为其难地开了口。

但我没能听清他的回答，就被一阵突如其来又来势迅猛的困意侵袭了。雨男的嘴唇一张一合，他整个人在我的视线中渐渐虚化模糊。闭眼之前，我只闻到了沁人心脾的栀子花香，以及听到雨男那一声温柔的“睡吧”。

3

雨男治好了我的失眠症。

从上个月到今天，我已经失眠了整整一个月。

我有一个朋友，是研究睡眠的专家。他告诉过我，人类在类似洞穴一样的环境里睡得最好。但钢筋水泥的大都市中哪会有什么洞穴？他转而向我推荐了一个切实可行的方法，用手机下载“白噪音”APP。这个 APP 能模拟大自然的各种声音，尤其是雨声，可以让人在平静中进入睡眠。

我一一试了，却都不管用。

然而雨男来我家的第一天，我和他聊着天就睡着了，并且睡了整整十二个小时。虽然不太礼貌，却能说明在我的内心深处，雨男是一个让我放心和放松的人。

雨男在我家住下的那天，我告诉他，洗手间的男士拖鞋和剃须刀可以随意使用，但那把黑色牙刷属于私人物品，还是不用为好。他默默地点头，像个听话懂事的乖孩子。

过了一个星期，我逐渐清楚了雨男的生活习惯。他总是白天一早出门工作，晚上七点左右回家。他不吃饭也不睡觉，在我深夜入眠的时间里，就在每个房间里静静地坐上一个多小时。

每天起床后，我都能感受到满屋子惬意舒适的凉爽。那种凉爽和空调风完全不一样，那是下雨时的群山、树林、溪流等散发的大自然的凉意，自然而清新。凉爽里还透出各种味道，有时是松木味，有时是木兰香，也有百合或玫瑰的香气，甚至还有来自竹林或冷杉的味道。

每个晚上，我都会通过雨男身上的温度和散发出的气味，猜测他去了哪个下雨的地方，那里的雨势又有多大，四周栽种着什么植物。

有一次，他大概去了某个渔港，回来时沾了一身的鱼腥味，把我家弄得像个卖鱼铺子。见我皱起眉头，他慌了神，急急忙忙出门，连鞋子也忘了穿。半个小时后，雨男裹着一身风信子的香味回家。他在客厅里每走一步，都会留下一股淡雅好闻的香气。

随着日子的推进，我和雨男越发亲密起来。我带他一起逛街、购物、看展和去游乐园。我不是一个虚荣的人，但每到一处，周围年轻女人欣赏雨男的眼神和发出的称赞仍能让我开心很久。唯一不足的是，雨男散发出的凉意会让我犯困。很多时候，他的温度不冷不热，像一场夏日的夜雨，吧嗒吧嗒敲击着窗外的树叶，节奏规律又齐整，实在是太适合睡觉了。后来，我想出了一个办法，每天喝一杯黑咖啡。

雨男在我家住满一个月的那天，我在他的房间门上贴了一张黑色的贴纸。那是一个男士小人，头上还有一朵正在下雨的云。小人下面写着一个小小的英文单词：man（男人）。我没找到写着rain（雨）的单词贴纸，只能凑合着用。

“好看吗？”我问雨男。

“有点像公共卫生间的男厕标志。”他歪着头，专注地打量着那张贴纸。

“当然不一样，没看见那些雨滴吗？有这么独特的man吗？”

“谢谢你。”雨男转头看着我，纯净的笑容几乎驱除了我的一切烦恼。

4

某天下班回家后，雨男问我能否买一把牙刷给他。

“你不吃饭，要牙刷干吗呢？”我觉得奇怪。

“感觉有一把牙刷，才是这个家里的一分子。”他弯起好看的眼睛，笑容明朗。

我答应了他。刚好家里的冰箱空了，得去一趟超市选购做晚饭的食材。出门前，我叫上了雨男。

经过超市的鲜肉区时，我遇到了一个同事。她瞥了一眼雨男，旋即露出惊讶和羡慕的表情。

“比阿多帅多了！”她赞叹道。

在蔬菜区挑选花椰菜时，有人撞了一下我的肩膀，是我一个月没见的朋友。她意味深长地朝我点点头，放心地道：“嗯，就应该这样。”离去前她忽然转过身，又补充了一句，“比阿多帅哟。”

当我和雨男来到卫生护理的货架前时，我看见了我的睡眠专家朋友。他拿着一把样品牙刷，正专注地研究刷毛的质地、粗细、排列的疏密程度，以及牙刷握柄的手感。看来他也正要买牙刷。最后，睡眠专家朋友花了十分钟，帮我为雨男挑选了一把蓝色的牙刷。

他将牙刷放进我的购物篮后又絮叨开来：“上次去你家做客，我发现阿多的牙刷不符合一把好牙刷的标准……”我及时打断他，道了谢后拉着雨男快速离开。

“阿多是谁？”回家的路上，雨男疑惑地问我。

“不是谁，是我之前养过的一只猫。”

“为什么拿我和猫比？”雨男拿又大又亮的眼睛瞅我，四肢在路灯下显得更加白皙修长，“我像猫吗？”

“像啊，你就像一只温柔有礼、优雅好看的白猫。”我差点忍不住伸出手去揉一揉他那毛茸茸又浓密的头发。

5

一个星期后，我和雨男在逛商场的时候遇见了阿多。那时，他身边站着一个留着波波头、长相甜美的女孩。阿多冲我招手的那一刻，我飞快地逃走了，一路撞倒了两个人，踢翻了三个垃圾桶。雨男在我身后匆匆追赶，一路道歉，还将垃圾桶挨个扶了起来。

当天晚上，我再次失眠了。

雨男在凌晨一点半出门，去了一趟薰衣草地，带回来一身能镇静催眠的薰衣草香。他坐在我卧室窗台前的一把直背椅子上，等着花香发挥作用。

香气灌满了我的房间，可睡意就是迟迟不来。我停止挣扎，索性起床和雨男聊天。

“为什么下雨时总能让人获得心灵的平静呢？”我问雨男，“在看雨和听雨的过程中，那颗躁动的心就会莫名其妙地平复下来，简直就像拧抹布一样。那些湿答答的烦恼啊、忧愁啊、坏情绪啊，通通都被拧出来，一并流进了下水道。”

雨男沉默良久，问我：“想听听雨声吗？”

“可以？”我望向窗外，那里挂着一轮惨白的圆月。

“可以的。”雨男在我的床边坐下，并拢双腿，挺直腰背，语气轻柔地说，“把耳朵贴在我的肚子上试试。”

我把脑袋枕在雨男的腿上，耳朵贴近他的肚子，那里如同淋了水的石板一样冰凉。我屏息凝神，静待事情发生。很快，我便听到了下雨声：雨打树叶，雨落青草，雨润泥土，雨敲玻璃……声如蚕咬桑叶，如少女抚琴，如滚雷，如击鼓，如歌，如泣……我的耳朵里收罗了雨的万象。

“对不起，阿多不是猫。”不知怎么的，雨唤醒了我的情绪，我的眼泪顺着脸颊流下来，打湿了雨男的 T 恤，“我们俩在一起三年后分开了。”我的哭声越来越大，泪水也如同耳边连绵不断的雨声一般止不住。渐渐地，我的伤心、忧愁和烦恼，好像也随着那些眼泪慢慢消失了，像泪水融入雨水一般消失了。

雨男自始至终都没说话，只是安静地坐着，陪着我。某个瞬间，雨在我耳边大力地收敛了一下，像屏住了呼吸，接着如同狂暴的野兽一般，瞬间倾盆而下。我想问雨男这场独特的雨属于什么，但睡意却突然一把抓住了我。

6

不知从哪天开始，雨男身上发生了一些奇怪的变化。他不再每天早晨出门，虽然身上散发出的气息依旧凉爽，但香味却淡了。他的白皮肤也变淡了，一天天地接近透明。他那对珍珠般的眼睛还蒙上了一层水汽，眼神变得迷离而忧郁。雨男不吃不喝不出门，整天阅读我书架上的一排排小说。

“你相信爱情吗？”某天，他放下手中的书，抬头问我。

我没说话，朝他手上的书瞥了一眼，那是一本《罗密欧与朱丽叶》。

“我相信，相信的事情就会发生。”他语气笃定地说。

“什么是爱情呢？”他又问。

“不知道。”我摇头道。爱情多复杂呀。

“阿多是爱情吧？”雨男认真地看着我。

我没吭声。

“黑色牙刷也是爱情吧？”雨男追问。

“你怎么突然对爱情感兴趣了？”我笑道。

“失眠也是爱情吧？”雨男没理会我的问题，眼里重新蒙上一层水汽。

我觉得他说得不对，但一时间又说不出是哪里不对，只好沉默无言。

当天下午，睡眠专家朋友来我家做客。用洗手间的时候，因厌恶设计不合理，他将一把牙刷扔进了垃圾桶。那是我一直留在漱口杯里、属于阿多的黑色牙刷。

我盯着垃圾桶里的牙刷，听到他在走道上大声质疑：“你家怎么多出了一个洗手间？还是男士专用的？”

“没看见那些雨滴吗？有这么独特的 man？”我平静地转过身，笑着应道。我忽然明白了，阿多不是爱情，阿多只是爱情的回忆。

我匆匆赶去客厅，急着将这句话告诉雨男。但就在那天下午，雨男从我家消失了。沙发前的圆桌上还放着三杯冒着热气的红茶，但哪里都不见雨男。

7

雨男离开后，我的生活照常进行，不过是上班、购物、玩耍，还有与朋友闲聊。我开始养花了，也时不时会在下班途经花店的时候走进去买上一束鲜花。我开空调的次数也多了起来，电费噌噌地往上涨。我明明容易失眠，每天喝一杯黑咖啡的习惯却怎么也戒不掉。

每到晚上，我总是会忍不住想，雨男如今去了哪个下雨的地方，那里的雨势又有多大，四周栽种着什么植物；我想起他沾了一身鱼腥味的惊慌模样，又是如何快速地带着风信子花香回到家；我想起他怎样用薰衣草为我治疗失眠，用肚子里的雨声安慰伤心的我……每当想到这些，我的身体就像被挖开了一个大洞，冷风不断地从中穿过，像一声声失落与长长的叹息。

八月的一天，我下班回家，在门口发现了一个白色的长信封。我将它捡起来，拿在手里认真地打量。信封很薄，手感湿润，还透出一股栀子花香。即使信封上什么字也没写，我却知道它来自雨男。

我打开门，顾不上放下包便急忙拆开信封，打开信纸，背靠墙看起信来——

请原谅我的不辞而别，那绝非我有意为之。也请原谅我用这种方式给出回答，因为除此之外，我想不出更好的办法。

人们总说，雨给人带来心灵的平静。其实不是的，有时候雨也会带来灾难和毁灭。我的身上不仅带着草木气和花朵香，也会沾上恶臭，甚至是血腥味。我四处旅行，见过万物有灵，生命绚烂盛放的伟大，但也见过狂暴罪恶，生命形如草芥的渺小。

和人类一样，我同样需要休息和宁静。在山野和郊外，洞穴和树林就是我的家。但来了城市以后，我必须找到一处安身之所，一个让我获得平静的地方。我找到了你家。

和你在一起，我总能感受到一股奇异的温暖和平静。只是某一天，我不再平静了。那天晚上，你将耳朵贴在我肚子上的某个瞬间，我失去了通常下雨时的节奏。

谢谢你，再见了。

雨男

我放下信纸，想起了雨男肚子里那场独特的雨声：雨突然收敛了一下，接着狂泻如注，像人屏住了几秒呼吸，一颗心在胸腔狂跳不止。

自那以后，我再也没收到雨男的消息。但不管他的蓝色牙刷在杯子里放了多久，无论多少个朋友问起我家的“男士卫生间”，我也没有扔掉牙刷，撕掉门上的贴纸。

我总是相信，雨男会在某天敲开我家的门，带着渗进空气里的凉意和好闻的栀子花香。只要是相信的事情，就会发生。

爱情是个甜甜圈，要看拥有的，不要老想着没有的。
要盯着那个圈，不要看那个洞。

1

这已经是我第三次看见那只猫了。第一次是在小区的花坛边，第二次是在地下停车场前，第三次就是现在。我刚跨进小区门口，瓢泼大雨便兜头而来。我赶紧躲到小卖部的遮雨棚下，一低头便看见了那只猫。

猫披一身缎子般漆黑滑亮的毛，四只爪子和小腿肚却是雪一样的白。它蹲坐在地板上，眯起棕色的眼睛，出神地盯着路灯下匆匆走过的行人，身上滴雨未沾。

它的优雅和自若一扫我近日心中的阴霾，我蹲下身，对猫道了一声“你好”。

“挺漂亮吧。”

“你的猫？”我抬起头，就看见了小卖部老板。

老板瘦得像猴，脖子上系了一条黄绿相间的斜纹领带。他俯下身，伸手去摸猫的脊背，没想到它受惊似的立起，灵巧地躲开了。

“不是我的，遗憾得很。”老板一脸受伤地直起身，目光追随着猫的身影。

“那它是谁的？看起来可不像流浪猫。”

“谁知道呢？来小区一周了，和谁都不亲。”老板耸了耸肩，无奈地道，“我倒是蛮想养它的，可我老婆在店里养了一缸金鱼。”

黑猫开始围着我的脚绕圈，还拿背蹭我的脚踝，不时地发出温柔的喵喵声。

“它喜欢你。”老板惊讶地看着我，“要不你养它吧？”

还没等我反应过来，老板已经蹲下身，一把抱起黑猫，将它送进了我的怀里。之后他又钻进店里拿出一把雨伞，热情地递给我：“你和它有缘。”

2

回家后，像往常一样，我走到阳台上给男朋友打电话。电话那头依然无人接听，我又一一拨打他朋友的电话，得到的答复仍旧是不知道，没有杰的任何消息。

我挂断电话，对着湿冷的夜空重重地叹了一口气。当我转过身时，我看到沙发上的黑猫立起整个身体，斜倚在靠垫上。它双腿交叉，优雅地冲我举起一只爪子，打招呼说：“Hello, stranger.（你好，陌生人。）”

“是你在讲话吗？”我瞪大眼睛，手机险些从手中滑落。

“干吗那么大惊小怪，不是你先跟我打招呼的吗？”它跳下沙发，迈步走近我，声音如铃铛般动听，“冲杯咖啡给我好吗？劳驾装在三十毫升的鸡蛋咖啡杯里。”显然，它一点也不客气。

我震惊地盯了猫好一会儿，点了点头。

接过咖啡时，猫又让我搬来了一张适合他身高的凳子。这只漂亮的黑猫宣称站着说话会让它感到紧张，可我觉得它不过是恃宠而骄。

就这样，一只猫和我坐在阳台上聊起了天。它手里端着一个红色的鸡蛋咖啡杯，屁股下是一张裹着宝蓝色绒布套的矮凳。咖啡杯是杰日常使用的，矮凳也是杰的专属换鞋凳。

“你刚才是在打电话找人吧，我都听见了。”猫呷了一口咖啡，懒洋洋地开口说。

“嗯，男朋友失踪一周了。”我一声叹息。

“真巧，我的女朋友也在找我。”它睁大的猫眼显得更圆，“其实我是一只中了魔咒的猫。只有我的女朋友看见我，咒语才能解除，我才能恢复原样。”

“什么魔咒？”我好奇地问。

“不能讲。”

“你可以去找她啊。”

“不行。”

“为什么？”

“我找她没有意义。”猫伸出空着的那只手，缓缓地捋了捋胡须，左边三下，右边三下。它的胡须很有意思，不是直着长的，而是弯曲到某种弧度，像一个括号。

“请问，你干吗来我家呢？”我盯着它的胡须笑道。

“还用得着问吗？”猫的喉咙里发出咕噜咕噜的声响，“整个小区就你家没封阳台，视野广、空气好，阳台朝西，每天还能看夕阳呢。”

我默然地点头。

“这阵子我打算暂住在你家，直到女朋友找到我为止。”猫架起一条腿，打了个哈欠，“承蒙照顾，今晚我就睡在沙发上吧。”

3

虽然还未找到杰，但自打猫来了我家后，我的心情好转不少。兴许同是天涯沦落人吧，我们俩常常一起聊天，还并排坐在阳台上看夕阳。

这天傍晚，我和猫像往常一样坐在阳台上，眺望着落日熔金、暮云合璧的壮美景色。阳台上的铁栏杆早已生锈，挂着的锈皮随风摆动，时而星星点点地落进沿墙那一溜盆栽里。

我指着那些盆栽告诉猫：“这些植物都是我男朋友坚持要养的，可照顾它们的却总是我。”

“铁线莲长得不够好。”猫扫了一眼，挑剔地说。

“那些栏杆都生锈了，我一直想重新油漆一遍，刷成彩色的。”

“干吗要油漆？锈皮随风摆动多美啊。我可不喜欢什么彩色，我最喜欢的颜色就是黑和白。喏，瞧我这一身，高级又经典。”

猫站起来，伸出一条腿，一只手搁在后脑勺上，接着挺胸、抬头，自信地秀了秀自己的身材。

“你可真是不吝啬赞美自己啊，”我笑了，“能来我腿上待一会儿吗？让我抱抱你。”我忽然想起来，除了那个将它领回家的雨夜，我还从没抱过它。

“不要。”猫一脸骄傲地坐回凳子上。

“太久没拥抱的话，心可是会生锈的。”我伸出手臂，温柔地劝它，“抱一下嘛。”

猫终于跳下矮凳，爬上了我的膝头。

我的手触到了皮革般柔软的东西，我低头握起猫的腿打量，发现那上面套着一只雪白的短靴。猫的后腿上居然穿着一双小巧精致的白色短靴。

“你怎么穿着靴子？”我惊呼。

“我讲卫生、懂审美呗。”猫表现得镇定自若，“这白靴子配我一身缎子般的黑毛，巧妙吧？”

“之前我怎么没看见呢。”

“你没看见的地方可多了。”它突然语带嘲讽，趴在我的腿上不再说话，像是在生气。

4

猫的缺点很快暴露出来。它总是让我从工作的咖啡馆带甜甜圈和咖啡豆回家，从不想想我有没有钱负担他这个奢侈的爱好。

它让我每天替它擦亮小白靴，却老是在我刚拖完地后便穿着靴子走来走去。和我拌嘴后，它热衷于发脾气。如果哪天它没脱靴子就睡在沙发上，那准代表它生气了。

作为一只猫，它太虚荣，也太任性了。

“做你的女朋友一定很辛苦吧？”某天,我无意间说了这句话，猫便不脱靴子连续在沙发上睡了三天。之后我用了双倍的咖啡和甜甜圈才哄好它。

杰失踪整整两周后，我报了警。警察来我家的时候，猫正蜷缩在沙发上看电视。

“他失踪前有什么异样吗？”警察拿出一个本子和一支笔，严肃地问我。

“没有。”我脱口道。

“是否有不开心，或是情绪波动？”

“绝对没有。”我果断地说。

“嗯，”警察点点头，“你最后一次见到他是在什么时候？都在干什么？”

“两周前，晚上七点左右吧。那天我们俩吃完晚饭，就各自刷起了手机。我坐在那儿，”我指着餐桌边的一把椅子，又指了指猫的位子，“他就坐在那儿。”

“好的。”警察在纸上写了几笔，很快吧嗒一声合上笔记本，“有情况我会第一时间联系你。”

“你男朋友为什么失踪你都不知道吗？”警察刚离开，猫便冲着我大喊，还发出尖厉凶狠的叫声。

“不知道啊，一切都和之前没什么两样嘛。”我看着它，任凭它吹胡子瞪眼。

猫突然立起身子，拱起后背，一身黑毛全部奓开。我还没搞清楚发生了什么，它已闪电般地冲到我面前，在我的脚踝上狠狠地咬了一口。很快，猫直直地射向阳台，纵身跃出了栏杆。

我忍着疼痛，匆忙赶到阳台上。当然，哪里也没见着猫。

雨淅淅沥沥地落下，打湿了夜空。

5

猫的消失让我想起了杰。杰同样自视甚高、爱慕虚荣，同样只喜欢黑色和白色，同样任性得像个孩子。为什么雄性动物都如此相似呢？我盯了一会儿雨，然后打算出门找猫。

离家前，我拿了鞋柜上的一把雨伞，那把小卖部老板借给我的伞。

在小区里里外外搜寻了三遍后，我还是没找到猫，便决定先去小卖部还伞。

小卖部的收银处没人，用货架隔出的里屋传出电视机和嗑瓜子的声音。我循声走过去问道：“打扰了，有人吗？”

“找谁？”我的视线里出现了一个年轻女人。

“老板不在吗？我来还伞。”

“我是他老婆，你给我好了。”她离开椅子，几步跨到我跟前，“我已经三天没见到他了。”

我把雨伞递给了她。

“要不是你提起，我都快忘了有他这个人了。”她接过雨伞，转身回到了电视机前。

难道小卖部老板也失踪了？我在原地愣了很久。

“他在这儿。”一个银铃般的声音传来，接着一颗毛茸茸的脑袋蹭了一下我的脚踝。

我兴奋地低下头，看见了猫！

“你没看见老板吗？他在这儿。”猫面容沉静，一双眼睛认真地盯着上方。

“哪儿？”我顺着他的目光看过去。

桌上收银机旁的鱼缸里游动着一条不同寻常的金鱼。它的体形最为瘦小，脖子上系了一条黄绿相间的斜纹领带。

6

第二天，我拿着一袋巧克力甜甜圈和一包瑰夏咖啡豆，下了班便早早地回了家。

“老板也中了魔咒吧？和你一样？”我将甜甜圈和煮好的咖啡端到阳台的小几上。一旁的猫坐在矮凳上，注视着夕阳洒下的漫天金光。

猫点了点头。

“记得你之前说过，只有当你的女朋友看见你后，魔咒才能解除。”我在猫旁边的躺椅上坐下，“要不，我待会儿去告诉老板娘，那条金鱼就是她的丈夫？”

“真正的看见可不是用眼睛。”猫拿起碟子上的甜甜圈，不屑地说，“女人真是肤浅。”

“你怎么能只盯着缺点瞧呢？”我夺过它手中的甜甜圈，将它放在我们俩的视线之间，“多看优点，少发牢骚，尽力盯着这个圈，而不是洞。这样的甜甜圈吃起来才美味啊。”

猫伸出手抻了抻胡须，左边三下，右边三下，接着便神气活现地问我：“你为什么要撒谎？为什么要装什么事也没发生？为什么跟警察说你和男朋友之间一切如常？”它自知理亏，就开始翻昨天的旧账。

“你怎么知道我撒谎了？”我疑惑地看着他。

“我……我可是有魔力的猫，我什么都知道。”猫忽然认真地看着我，目光炯炯，“我更知道，情侣之间应该坦诚相待。”

我不看猫，扭头眺望夕阳，沉默良久才开口说：“其实男朋友失踪前，我对他冷暴力了很长时间。在很久以前，我就开始无视他了。”

猫立刻站起身，走到我的跟前，抬起脑袋看向我，眼神似在盘问我，又似要洞穿我：“你知道爱情中最可怕的事情是什么吗？无视和不爱了。被无视是最大的暴力，不爱了又是最无力回天的事。”

“你说得对。”我看着它的脸，轻轻叹了一口气，“但如果这两者之间有因果关系呢？”

“什么意思？”猫愣住了。

“我无视他，是因为我不爱他了；我冷暴力，是因为我怕自己一开口就会说出那句话。”

长时间的沉默横亘在我和猫之间。天边的红光好似被一张网拖住，收拢到天空一角。

“你为什么不和他多沟通一下呢？”很久以后，猫才如此问我，语气里是前所未有的小心翼翼。

“我沟通了，只是他用的是耳朵，而不是用心听。我告诉他，别刚收拾好屋子就弄乱，刚拖完地就踩脏；我告诉他，偶尔也要照顾一下盆栽，对自己的喜好负责；我告诉他，要不把栏杆重新刷一遍，但他从来没认真听过。很多时候，我和他坐在阳台上看夕阳，我看着生锈的栏杆，觉得自己的心也在一点点锈掉，而那些挂着的锈皮就像我心脏的碎片。当你的爱情一点点锈掉，你不能眼睁睁地看着，你会很想做点什么，你会想把那些栏杆刷上鲜艳的颜色。他从不听我说话，他只看自己，说什么黑白色高级。他不明白，我们俩的爱情已经变成黑白色了；他不知道，我们俩有多久没拥抱过了。我都快忘记拥抱是什么感觉了。”夕阳不见了，天空渐渐黑下来，我还在倒豆子般地说个不停，“不用心看的注视是眼瞎，不用心听的沟通是耳聋。你说，这难道不是另一种无视吗？”

猫没说话，在黑暗中留下一个更深的黑色轮廓，四只爪子和小腿肚却是雪一样的白。

“你说，”不知不觉中我已泪流满面，“在爱情面前，我们是什么时候由耳聪目明变得耳聋眼瞎了呢？”

猫静静地听完，很久以后才问我："如果要刷一种颜色，你喜欢什么样的颜色？"

"什么？"我抬手擦了擦眼泪。

"如果要给栏杆刷一种颜色，你会选什么颜色？"

我想了想说："绿色吧。绿色是有生命力的颜色。"

7

隔天清晨，我一睁开眼睛，便看见猫蹲坐在床边的地板上，目不转睛地盯着我。

"你干什么啊？吓我一跳。"我爬起来，拍了拍脸，发现猫黑亮的毛发上沾满了绿油漆，白靴子的鞋面上也滴上了绿色的圆点。

"你怎么变成一只绿猫啦？"我瞬间明白过来，冲他笑道，"你打哪儿弄来的油漆？"

"我要走了。"猫说。它这种悲伤的语调让我很不习惯。

"女朋友找到你了？"

"没有，我想我已经失去她了。"猫伸出一只手，横着在眼睛处抹了一下，"你昨晚的话让我想起了我的女朋友，我想了整整一夜。你说得对，做我女朋友一定很辛苦。我太自私了，也太蠢了。我有一个温柔善良的女朋友，但我却视而不见、听而不闻。你说得对，爱情是个甜甜圈，要看拥有的，不要老想着没有的。要盯着那个圈，不要看那个洞。"

面对猫突如其来的告别，我不知道该说点什么。

“我能拥抱你一下吗？”猫仰起圆圆的脑袋，认真地看着我。

“当然啦。”我伸出手臂。

猫几乎是撞进了我的怀里。或许是太心急了，它的脑袋撞疼了我的下巴。

“瞧，我连拥抱都抱不好。”它沮丧地说。

“没关系。”我的目光落到它的靴子上，“你的靴子脏了，离开前，让我给你擦一下吧。”

“不用了，我以后不会再穿它们了。”它说着爬下了我的腿。

猫最后一次抻了抻胡须，左边三下，右边三下。它没对我说“再见”，就那么披着一身沾满绿漆的毛，默然地离开了我的家。

起床后，我来到阳台，一眼就看见了绿栏杆。在晨光下，绿色使整个阳台都焕发出生机。我嗅着绿漆味，看见沿墙一溜植物的叶子上滚动着水珠，一定是猫浇过水了。

我坐进躺椅里，看着旁边空着的矮凳，开始想念起猫来。套着宝蓝色绒布套的换鞋凳下立着两只小小的白靴，我的脑袋忽然轰地一响，我想起了杰。

只有杰，才会臭美地用小梳子梳理他特意蓄的括号般的小胡子，左边三下，右边三下。

只有杰，才会平日里总穿一身黑衣黑裤和一双白得发亮的鞋子。

只有杰，才会用鸡蛋咖啡杯喝咖啡，才会在出门前坐在他心爱的换鞋凳上，不紧不慢地穿鞋子。

猫身上的所有习惯，都是杰对我发出的信号啊。难怪猫说，只有我看到它时才能解开魔咒。无视就是它身上的魔咒啊，我怎么现在才明白?

我发了疯一般追出去，跑遍了小区，可哪里也不见那只身上沾有绿漆的黑猫。

路过小卖部时，我听见老板娘不满地嘟囔：“奇怪，店里的小半桶绿漆上哪儿去了？”

我走进小店，看见老板娘来到收银台前。她的眼睛扫过鱼缸，又立马移了回来。她俯下身，盯了几秒金鱼，接着伸手捞出来一条。她捞的是那条系着黄绿相间斜纹领带的金鱼。

它瘫在她的手心，她打量着它。我听见它对她说：“Hello, stranger.”

世界最后的颜色

有了亲情和友情，我们就是生活在彩虹之上。

1

因为喝了太多咖啡，妈妈变成了一粒咖啡豆。

妈妈终究还是妈妈：眼睛、鼻子、嘴巴和耳朵与平常无异，四肢也还在。不同的是，从脖子到腰间的部分被一粒硕大的咖啡圆豆所替代，皮肤也整个儿变成了咖啡色。

变成咖啡豆后，妈妈仍旧穿着高跟鞋。不知什么缘故，妈妈最近极其钟爱高跟鞋，而且是纯色的、六厘米高的细高跟鞋，蝴蝶结、流苏、珍珠之类的装饰物一概不能有。

从妈妈穿高跟鞋开始，她的鞋柜里就层层排列着十几双颜色不同、样式相似的高跟鞋，仿佛一个高跟鞋自动贩卖机。

除了体貌上的改变外，妈妈的精力忽然变得异常旺盛。她白天看电视、阅读《金刚经》，深夜则出门散步。

就在昨晚，妈妈一如往常般出了门，却迟迟没有回家。

清晨我离家上班的时候，没见鞋架上妈妈出门时穿的苹果绿细高跟鞋。她的手提包不在，挂钥匙圈的位置空着，手机也落在了家里。

2

下班后，我刚走出写字楼，天空脸色突变，雨滴好似刚看完电影涌出大厅的人流，声势浩大地拍打着大地。我退回屋檐下，瞧着人们举着五颜六色的雨伞急速穿梭的身影,无奈地等待雨停。

“人们拒绝这种悲哀，向天空举起彩色的盾牌。”一把红色的雨伞递到我面前，“喜欢顾城吗？”

声音来自刚到公司上班一周的年轻女孩陆笔笔。她的头发染成了灰白色，浅淡的五官在雨中更显缥缈朦胧。

我摇了摇头。

“知道顾城？”她的微笑也是淡淡的。

“只是听说过名字而已。”

“你一会儿看我，一会儿看云，我觉得，你看我时很远，你看云时很近。”她不懈地问，“这个总听说过吧？”

“‘黑夜给了我黑色的眼睛，我却用它来寻找光明’，听说过这个。”我歉然道。

“顾城太需要人保护了，真想将他搂在怀里，安慰他、保护他啊。”

我想象着娇小的陆笔笔将顾城这个大小伙搂进怀里，拍着肩膀安慰他的样子，忍不住笑了。

她也笑了："下雨天会遇到王子般的人物，信吗？"

"肯定会，之前我就遇到过 7 个。"陆笔笔有种奇妙的让人心情舒展的力量，我忍不住和她开起了玩笑。

"下班后有其他事？带你去一个地方。"她兴致勃勃地邀请我，眼里闪过神秘的光。

"下次好了。"想到失踪的妈妈，我实在没有心情去。

"好吧。"她释然点头。

3

回家后，我看见了妈妈搁在鞋架上的苹果绿细高跟鞋，钥匙和手提包也安静地躺在餐桌上。

我来不及放下包，便兴奋地依次推开每个房间的门，最终在浴室里找到了妈妈。

妈妈正在泡澡，圆形浴缸里的水都变成了深咖啡色。浴室里充斥着浓浓的咖啡味。

"妈妈，以为你失踪了，担心死我了。"我生气道。

"实在对不起，一直为工作的事发愁来着。"妈妈冲我抱歉地笑笑，将挂满棕色水珠的手臂搭在浴缸边上，"如今变成了咖啡豆人，原先的工作当然做不了，又有哪家公司会接受这般模样的员工呢？没想到，最后我被一家店雇用了。"

"什么店？"

妈妈起身跨出浴缸，取下毛巾擦拭身体。白色的毛巾转眼便成了咖啡色。

“散步后出了太多的汗，不然不会洗澡的。”妈妈喟叹一声，接着说，“下次再告诉你好吗？忙了一夜，好不容易有了睡意，想先去休息会儿。”

没等我说话，妈妈已经推开浴室的门，光脚走了出去。

4

记不清是从什么时候开始，我和笔笔的关系变得越发亲密。

这个喜欢顾城的女孩，仿佛是来自森林却误闯入城市的一只梅花鹿。和她在一起，空气总好像褪去了现实性，变得空灵通透起来。

“周末兼职的时候，遇到了一个喜欢画画的女孩，很独特哦。”午休时间，笔笔照例拉着我聊天。

“怎么个独特法？”我来了兴致。

“通常大家画画，不外乎素描、油画、水彩一类的吧？可她仅仅是在画布上涂色。上个周末，我看到她把粉红、翠绿、葡萄紫、柠檬黄和宝石蓝在空白的画纸上涂了个遍。没画人，没画景，仅仅是画颜色本身。能猜出是怎么回事？”

我盯着笔笔，默然摇头。

“我也一直好奇来着，所以问了她原因。她告诉我说：你怎么能指望用一支铅笔画出七色彩虹？”

你怎么能指望用一支铅笔画出七色彩虹？我将这句话输入脑中，企图输出答案，但一无所获。

“你在什么地方兼职？”我问笔笔。

“在一间咖啡屋里当服务员。”

“主人养猫？”在我眼里，咖啡屋和猫就像豆浆同油条般密不可分。

“去看看就知道了。”笔笔笑而不答。

下班后，笔笔便带我去了她周末兼职的咖啡屋。

咖啡屋横卧在地上，仿佛一个被削掉一半的易拉罐。屋顶和四周漆成了墨绿色，一小扇门开在易拉罐的肚子处，门旁站着一个头戴鸭舌帽，将双臂抱在胸前的人。他的嘴里叼着一支烟，正将目光投向我和笔笔。

走近后我才发现，这个“人”，其实是一只灰色的猫。

“欢迎欢迎，”猫人扶了扶帽檐，掸了掸掉落在胸前格子衬衫上的烟灰，继而拍了两下猫掌。

“猫老板，”笔笔向猫人介绍说，“这是我的朋友程睿。”

“你也是来兼职的？”一对琥珀色的眼珠对准了我。

“不是。”我的目光停留在猫人左耳挂着的金色铃铛上。阳光下，他每动一下脑袋，那里就折射出一道金光。

“猫老板认为猫在脖子上戴铃铛土里土气，因此特意打了耳洞，戴上了这个铃铛耳环。”笔笔察觉到我的目光，解释道。

“唔，猫也有自己的时尚哲学嘛。”猫人有礼地伸出一只猫爪，邀请我们进屋。

5

咖啡屋的中央放着一张台球桌，上面的台球好似被人撒了一把彩虹豆。绿色的墙壁上挂满了以猫为主题的水彩画。每张小圆桌前都有顾客落座，只剩吧台还空着。

我和笔笔在吧台前坐下后，猫人将一张唱片放到唱片机上，音乐瞬间倾泻而出。他端来两杯咖啡，放在我俩面前。

“披头士的《佩珀中士的孤独之心俱乐部乐队》，经典中的经典！”猫人打了个响指，赞许道。

还没等我反应过来，一个人影已飞快地在笔笔旁边落座，语气急促道:“笔笔，念首顾城的诗给我，长点的，给你一百元小费。”

“今天我不上班。”笔笔侧过脸，冲对方歉然一笑。

我的视线里出现了一条金鱼。不，或许称她为金鱼人更恰当。金鱼人身材高挑，打扮时髦。只见她柠檬黄的身上穿着一件白色长裙，腰上系了一根浅黄色腰带，右边的鱼鳍还拿着一个珍珠白的手包。

“有钱不赚？你真是个傻子。”金鱼人没好气地说。

笔笔兀自呷着咖啡，没有说话。

金鱼人扭身一跃，眨眼间便侧躺在了吧台上。她伸出一只鳍撑住脑袋，用另一只鳍打开手包，取出一根绿色的棒棒糖含进嘴里。

“鱼族都认为我姿态万千、风情万种，没什么缺的，”她将棒棒糖从嘴里取出，骄傲地说，“可谁知道，我要的只不过是一首诗。老天爷，不过是一首诗而已！”棒棒糖变戏法似的又回到了她嘴里，她提高音量道，“猫老板，告诉我，没有诗的世界会变成什么样，嗯？”

“会像冰激凌一样融化掉。”猫人将眼睛转向她，语气友好却坚决，“不过，有咖啡喝，有音乐听，但顾城的诗没有。”

“顾客是上帝！”金鱼人抗议道，从嘴里取出的棒棒糖随之变成了红色。

“笔笔今天不上班。抱歉，规矩才是上帝。”猫人坚持道。

金鱼人把棒棒糖放回手包时，它已经变成了蓝色。她轻盈地跳下吧台，高昂着头，翻着鱼眼珠，一句话也没说。接着，她摆动双鳍，快速地移步向前，气势汹汹地离开了。

6

这之后不久，笔笔有天在公司洗手间告诉我说，她脑子里的顾城的诗完全消失了。

“消失是什么意思？”我感到疑惑不解。

“意思是，不管我读过多少遍，都记不住了。”笔笔满脸沮丧，毫无预兆地抱住我大哭道，“我会像冰激凌一样融化掉的！”

“不会的，不会的，”我搂着她的肩膀安慰道，“你可是既有趣又有灵性的笔笔，像冰激凌一样融化掉？开什么玩笑。”

“我没骗你，上次猫老板不也说了，没有诗的世界，连冰激凌都会融化掉吗？”笔笔仍旧啜泣不止。

“他不过是一间咖啡屋的老板，能主导什么呢？”

“你认为猫老板生来就是那副面貌吗？”笔笔抬起满是泪痕的脸，认真地望着我，“他是因为太喜欢猫，太熟悉猫，才变成一只猫的。”

“猫人、金鱼人、那家咖啡屋都太奇怪了。你在那儿的工作到底是什么，不仅仅是当服务员吧？”直觉告诉我，笔笔隐瞒了什么。

笔笔咬着嘴唇，许久才说：“我连服务员的工作都不用做，我的工作就是念诗，念一首顾城的诗。”

有半分钟，我俩都没再说话。

“听猫老板说，”笔笔终究打破了沉默，“晚上来咖啡屋工作的女人是一粒咖啡豆。她的工作是每次来上班时换一双不同颜色的高跟鞋。”

我那被晕染得模糊不清的思维重新凝固成一个清晰的墨点。我慢慢开口道：“那是我妈妈。”

笔笔伸手捂住了张开的嘴。

7

我走近书房时，妈妈正坐在扶手椅里，手捧《金刚经》专注地读着。以她的脚为圆心，各种颜色的六厘米细高跟鞋密密麻麻地堆满了地板。

“妈妈！”我喊了一声。

妈妈看向我，将书反扣在桌上。

“妈妈是在一家咖啡屋工作吧？老板是一只灰猫，左耳戴一个铃铛，大家都叫他‘猫老板’，是这样？”

妈妈没说话，专注的目光一一扫过面前的高跟鞋，仿佛在检阅世界上最时尚的队伍。

“在咖啡屋的工作很简单，我只需要每天换一双不同颜色的高跟鞋就成，工资高，工时短，还有免费的咖啡喝。”妈妈抬起头，看向我。

我没出声，耐心地等待着下文。

“所有颜色的高跟鞋都快被我穿遍了。”妈妈望了望那堆鞋子，“如果穿完这批还没效果的话，妈妈就要被咖啡树抓走，变成一粒真正的咖啡豆。”

我头脑混乱，喉咙开始发干。

妈妈站起身，从那堆鞋子里跨出来，为自己倒了一杯咖啡。

“猫老板相信事物本身对人的影响和作用。可以说，这种影响和作用是巨大的。一只在南美洲热带雨林中的蝴蝶扇动几下翅膀，两周以后可以引起美国德克萨斯州的一场龙卷风。同样道理，常年在一起生活的夫妻会越来越像，狗也会模仿主人的习惯，这些现象经过剖析研究，都是说得通的。

“不同的是，猫老板研究的是习惯对人的影响。像我这样把咖啡当水喝的人，永远也想不到，有一天咖啡能将我变成一粒咖啡豆。可事实就摆在面前，任何人狡辩不得。”

妈妈低头啜饮了一口咖啡，居然笑出声来。

“就算如此，妈妈又怎么会被咖啡树掳走呢？”我的声音发涩，听上去不像自己的。

“通过穿不同颜色的高跟鞋来实施色彩影响的试验，就要失败了。”妈妈遗憾地说，“猫老板聘用的一位服务员，通过念童话诗人顾城的诗，让精神对颜色施加影响。我们所做的一切，都是为了收集颜色。”

“收集颜色？”我焦急地道，“为了什么？”

“为了一个色盲女孩。”

“没达到目的，妈妈就要接受变成咖啡豆的惩罚？”

“变成咖啡豆是我自找的，不能算作惩罚。”妈妈纠正道，“至于那个女孩，她的试验还没结束，能否成功也未可知。按理说，精神的力量应该更强大吧。”

我没告诉妈妈，笔笔脑子里的诗已经消失了。

8

我去咖啡屋找猫人是这个周六下午的事。

周四那天，老板在会议上宣布了笔笔辞职（事实上，是消失）的消息。接下来的周五，妈妈也从家里凭空蒸发了，只剩下满柜子的高跟鞋。

我走进屋里的时候，猫人正坐在台球桌前，一边看书一边吸烟。

“金鱼人拿走了笔笔脑子里的诗。”还没等我走近，他便抬起琥珀色的眼睛，抢先道。

“你也不是什么好人！”一想到像冰激凌一样融化掉的笔笔和变成咖啡豆的妈妈，我就气急败坏起来，“你让笔笔念诗，让我妈妈穿各种颜色的高跟鞋,就为了收集什么乱七八糟的颜色？”

“变成咖啡豆穿高跟鞋的人是你妈妈？”猫人的语气略微惊讶。

我没搭腔，恶狠狠地瞪着他。

猫人在台球桌上掐灭香烟，淡然道：“你的妈妈和笔笔都是善良的人，我真心谢谢她们。”言毕，他将视线重新转移到手里的书上。

“都这个时候了,还看什么书?笔笔和我妈妈已经消失不见了!像水分一样蒸发掉了!” 我劈手夺掉猫人的书,眼泪势不可挡。

“她们不该隐瞒你。”他不无怜悯地看着我。

“从笔笔知道女孩是色盲开始，就在主动想办法帮助她。得知用诗能从金鱼人那儿拿到颜色后，她就和对方约定了交换事项。你也看到了，金鱼人的确有将棒棒糖变成各种色彩的能力。”猫人叹了口气，“金鱼人承诺念完顾城所有的诗后，给笔笔七种颜色，赤、橙、黄、绿、青、蓝、紫，哪知道她施计偷走了诗。那家伙的记忆只有三到七秒，笔笔念完诗后她就会忘，所以才动了偷诗的念头，一劳永逸嘛。”

猫人顿了顿，重新点燃了一支烟：“而你妈妈，早到她变成咖啡豆之前，就知道收集颜色这个试验了。她一直在关注那个色盲女孩，也是在证实了喝过量咖啡能让身体变成咖啡豆的试验后，她才决定通过穿各种颜色高跟鞋这种方式来改善女孩的视力状况。”

我失魂落魄地站在那儿，脑子仿佛被扔进了正在运行的洗衣机中。

“就算这样，也没效果吗？”我的嘴里总算挤出了这句话。

“我很抱歉。”猫人的目光围着墙壁上的画绕了一圈，“女孩一直想画水彩，却只能画素描。她常说，你怎么能指望用一支铅笔画出七色彩虹。”

“彩虹，彩虹，”我的脑子像是被一道闪电瞬间劈亮，“她干吗要画呢，干吗要用眼睛看呢？你变成一只猫，精心为咖啡屋上色，挂这些水彩画，播放动听的音乐，不都是为了让她开心吗？难道她不知道，妈妈和笔笔都在竭尽全力地帮助她乐观地重新审视生活吗？难道她不明白，有了亲情和友情，自己就是生活在彩虹之上吗？就算给她一个五彩斑斓的世界，心情的颜色不也只有开心和不开心两种吗？”

猫人以打量异样事物的眼神盯了我一会儿，良久才轻声道：“经试验研究，我得出的另一个结论是，结果会成为前提条件，施加新一轮影响。”

我不得要领地盯着他。

“也就是说，就算本来是色彩斑斓的世界，在失去亲情和友情的情况下……”

事物的颜色是在猫人的说话声中消失的。我死死地盯着猫人左耳上的铃铛，寄所有希望于那抹金色。仿佛只要它还能发出亮光，我便确信自己还置身于这个五彩斑斓的世界中。毕竟，那是我看到的世界最后的颜色啊。

Part 02
都市奇幻化装舞会

在得到中感受爱，在失去中学会如何爱。

1

自从和男朋友分手后，我觉得家里的空气多了一倍，时间也多了一倍。房间太大，床太大，冰箱太满，食物太多，我的心却太空，食量也太小。

整整两天，我一句话也没说，只是独自坐在窗前，看着天一点点黑下去，任凭伤心的波浪拍打我。

第三天，我实在撑不住了，抱着试一试的心态打电话叫了捕影者的上门服务。很早以前我就听人说过，影子代表着记忆。捕影者是能拿掉人类影子的人。拿掉影子就能拿掉痛苦的回忆。

下午三点半，捕影者按响了我家的门铃。

他穿着影子般的黑衣黑裤黑鞋，腰部还缠着一个黑色腰包。他长相普通，脸上的两道剑眉却黑亮不凡。

“先从卧室开始？”捕影者开门见山道。

我点点头，领着他来到卧室。

捕影者拉开腰包拉链，掏出一支雪白的手电筒和一把雪白的小刀。接着，他拧开手电筒，开始照射墙壁和地板。光线每到一处，那个地方就浮现出一个影子来。很快，白色的墙上和地板上都爬满了黑影子：坐在写字桌前看书的、端着马克杯喝茶的、双手枕着后脑勺的、伸懒腰的、打哈欠的……

捕影者瞧着满屋子的影子，惊叹道："我第一次见到这么多的影子！"

我默然无语。

"回忆越多，感情越浓。你也舍得？"他面露惋惜。

"感情越浓，回忆才越痛。"我喃喃道，盯着地板上的一道侧影出神。那道影子稍稍弯着身子，手里捏着一条项链，像是俯身要给谁戴上。

"男朋友长得挺帅，"捕影者看过来，"项链是他送给你的吧？"

那挺拔完美的鼻子，那弧线优美的下巴，那抓着项链的修长手指，以及捕影者的那句话，一起让我的心酸成了腌黄瓜。

"快点动手！"我嚷道，极力忍住快要夺眶而出的泪水。

"失礼了。"捕影者垂下眼睑，抓起小刀朝着我背对的墙壁走去。

2

嗖的一下，刀刃从墙上一道影子的脚底划了过去。那影子在空中立了半秒，颤抖几下后便一头栽在地板上，发出砰的一声。

“声音会这么响？”我看着地上如剪纸般的黑影，惊讶道。

“失恋后的回忆可是很沉重的。”捕影者放下刀，捡起那“张”影子递给我。

我将信将疑地伸出手。接过影子时，我的手腕险些脱臼。

“很重吧？”捕影者伸出两根手指，轻松地拈开了影子。

“可是你……”

“这是你的回忆，不是我的呀。对你来说重如泰山，对他人而言却轻如鸿毛。”捕影者的眼神黯淡下来，“记忆是你自己的，别人无法理解，更不能真正安慰你。有些痛苦只能自己一个人承受。”

“我不要再承受了。”我捡起地上的小刀，忽然看见刀柄上刻了几个乳白色的数字。

“142，这是什么？”

“我的工号。”

“142 号捕影者，请继续履行你的职责。”我双手递过小刀，语气坚定，“有关他的记忆，我一丝一毫、一点一滴都不想要！”

“好吧。”捕影者幽怨地看了我一眼，接过了小刀。他继续用手电筒照出影子，再用小刀削掉影子，一个房间接着一个房间。

我端着一壶茶走进书房时，见捕影者一边工作，一边嘴里还在不停地念叨。我放下茶壶，好奇地问他说了什么。

“我们在得到中感受爱，在失去中学会如何爱。勇敢的心啊，请别逃避，别将它们俩分开。”他削掉房间里的最后一道影子，起身定定地注视着我，“公司的广告语。”

“这可一点也不像广告语。”

“那像什么？”

“像祷告。”

他冲我露出意味深长的笑容，什么也没说。接着，捕影者收起小刀和手电筒，将所有的影子都卷起来，捆成两个卷轴背在身上。

“完工了。”他跨出门前对我说，“放心吧，以后你在家里绝不会感受到一丝一毫、一点一滴的痛苦。”

“谢谢你。”我望了一眼捕影者背上那两根状如棒球棍的黑色卷筒，为它们再也不能压垮我而长舒了一口气。

捕影者看着我，欲言又止。

“哦，还没付钱。”我猛然想起，赶紧掏出钱包。

“记忆无价，”捕影者悲伤地摇了摇头，“我拿走了你最宝贵的回忆，是不能收费的。”

还没等我开口，他已拉上门离开。

3

我的生活立马恢复如常。冰箱里的菜很快被我吃光，宽敞的房间供我随意撒欢，宽阔的大床任我肆意地横着睡、竖着睡、斜着躺。我的快乐是真的，我的心是满的。

只是偶尔，当我躺在沙发上看电视，或是坐在书桌前看书，哪怕是穿行在各个房间，心底会升起一种怅然若失的感觉。

九月的一天，我在小区附近散步，有关男朋友的回忆突然涌了出来。

路过街道时，他的影子在餐馆里、花店前、咖啡馆的玻璃窗上；路过公园时，他的影子在树底下、路灯下，月亮似的跟着我；路过篮球场时，他的影子飞快地上前几步，在空中腾起，完成一个漂亮的灌篮。

我慌忙走进一家文具店，买了本子和笔，以最快的速度记下了方圆两公里内能回忆起他的地方，并在心里提醒自己以后一定要绕道走。

试过这种方法后，我才发现它糟糕透顶。

就像心理暗示自己不要想粉红色的大象一样，我反而会立马想起粉红色的大象。越是提醒自己逃避，我就越是能更快、更清晰地回忆起来。

无奈之下，我拿着写满地址的纸打电话给捕影者，恳请他替我拿掉男朋友的影子。

“告诉我地址吧。”他不无忧伤地说，“越具体越好。”

我念出了纸片上的地址，地址很长。

“什么时候能全部拿掉呢？”我迫不及待地问。

“室外人影杂沓，工作起来复杂一些。听起来，你的影子很多呢。”他惋惜地说，“回忆越多，感情越浓。你也舍得？”

“感情越浓，回忆才越痛。”

捕影者沉吟道：“放心吧，三天以后，你在你家附近，绝不会感受到一丝一毫、一点一滴的痛苦。”

我舒了一口气：“谢谢你。”

“哎，我说，”捕影者不慌不忙道，“我们在得到中感受爱，在失去中学会如何爱。”

“勇敢的心啊，请别逃避，别将它们俩分开。”我截过他的话，“又念广告语？”

“公司要求必须念的嘛。”他在电话那头笑了。

“嗯，再见。”我挂断电话。

4

立秋后，天气转凉，怅然若失的感觉也如同秋意一般越来越浓。除了在家，我去家附近散步或购物时，那种感觉也会涌上心头。

我打开衣柜，一件天蓝色的风衣让我疑惑不已：我买过它吗？什么时候买的？我从首饰盒里拿出一条好看的银质项链戴上，仍旧没有购买它的印象。离家前，我拎上适合秋季的包，同样觉得它来源不详。唯一确定的是，它们不仅漂亮，还和我很搭。

这是我结束休假上班的第一天。

午休时，我在洗手间隔断里听到了同事们对我的议论。

“喂喂，你们看到她今天穿的蓝色风衣了吗？还有那个包。上次我去她家玩，她说是她男朋友送的呢，说明她完全放下了啊。”

“她男朋友叫什么来着，姜毕对吧？人很温柔，还很帅呢。特别是那完美的鼻子，只看一眼我就记住了。”

"唉，没有炽烈的爱，就没有钻心的痛。这才分手一个月不到呢，她的状态未免也太好了吧？"

"说不定是太伤心，选择性遗忘了。今天我问她脖子上的项链是在哪儿买的，想着让男朋友也给我买一条，之前还是她告诉我那个品牌的项链挺有品位的，没想到她居然一脸疑惑地说记不起这条项链是从哪儿来的了。"

……

我听着她们的话，像是掉进了一个冰窟窿，身体被刺骨的寒冷一点点浸透。

她们像在议论一个别的人，可那分明应该是我的记忆啊。我又气又恼，感受到一股强烈的被剥夺感。

还没到下班时间，我便拨打了捕影者的电话。

"他的影子还在他的名字中、同事的议论中，也在他买给我的衣服、包和项链中。"我有些恼羞成怒，"他的影子根本就不能彻底消失！"

"没有什么东西是能彻底消失的。"电话那头传来捕影者平静的声音，"最近我的顾客告诉我，影子被拿掉后，会产生一种怅然若失的感觉。影子越多，感觉越强烈。你有吗？"

我震惊地答道："有的。"

"没有什么东西是能彻底消失的。"他重复一遍，语调冷静从容，"就像烟消失在空中，雨消失在水中，露珠消失在阳光中。它们消失了，但消失的过程还留着。你还留着它们消失的记忆。"

我思考了一番，随后恍然大悟："那种记忆的名字，就叫'怅然若失’吧？”

“嗯。”捕影者的语气严肃起来，“今天晚上，我去你家一趟吧。”

5

下班后，我匆匆赶回家，一眼就看见了等在门口的男人。他穿着影子般的黑衣黑裤黑鞋，腰部还缠着一个黑色腰包。但他又矮又胖，并不是帮我拿掉影子的捕影者。

看见我后，他那圆胖的脸上立马堆起笑容：“您好，听说房里曾为您服务过。”

“房里？”

“这位先生。”他拿出来一张照片。我一眼就认出了那两道黑亮不凡的剑眉。

“哦，142 号捕影者。”

“142 号？”他一脸纳闷。

“你们的工号啊。”

“我们没有工号。”他皱着眉头思考着，猛地拍了一下脑袋，“142，我想起来了。那不是房里刻在刀柄上的失恋天数吗？”

我一时哑然，随后小心地问道：“你找房里有什么事吗？”

“房里不仅偷走了公司多名顾客的影子档案，还偷走了老板的红色手电筒。”

“红色手电筒？”

“红色手电筒是能照见人心的东西，听说藏在老板的密码箱中，并且包在黑布里的白布里的灰布里的棕布里的红布里。”他一口气说完，有些喘。

“藏得那么好啊！”我感叹道。

“能看见人心的东西能不藏好？”

“不还是失窃了？”

“只怪我们对房里太掉以轻心了。”他重重地叹了一口气，“大家失恋，都会直接找捕影者拿掉恋人的影子，包括我们公司的员工。可房里呢，失恋了非自己扛、非自己熬，还说什么‘能在失去中学会如何爱’的蠢话。我就知道他没安好心，这不，红色手电筒给偷走了吧？”

“在失去中……”我的脑子像被闪电击中一样，“你们公司的广告语是？”

他颇为自豪地说：“相爱很简单，遗忘却太难。快速告别痛苦，就请找捕影者。”

我瞠目结舌。

“如果有房里的线索，麻烦您及时通知我，”他往我手里塞了一张名片，“下次服务，我会给您打五折，并给您买一送一的优惠哦。”

“不是免费的？”我问了一句。

他大声笑了，仿佛听到了二十一世纪最好笑的笑话。

我有些脸红。

“请千万千万记住，别相信一个贼的话。”离开前，他再三叮嘱我。

6

一个小时后，这个贼站在我家客厅里，手里还拿着失窃的红色手电筒。

“房里，你是来给我解释的吗？”我盯着他的脸，语气不太友好。

“能给你看样东西吗？看了你就明白了。”

房里真诚的眼神让我无法相信他是一个贼。毕竟，他能图我什么呢？他一分钱也没收。我朝他点点头。

房里将左手放在桌上，摊开五指，再用右手打开了红色手电筒。接着，一束光照在他的拇指指甲上，那里立马浮现出一朵鲜红的玫瑰花。

光束接着爬上了他的食指指甲，那里有一棵粉色的风铃草。然后是中指指甲，那里盛开着一朵黄玫瑰。

我惊讶得说不出话来，眼睛一刻也没离开过红色手电筒下的光芒。我看着那束光接着扫过房里的其他手指的指甲：梅花、茉莉花、向日葵、洋甘菊、郁金香、虞美人、迷迭香，白的、黄的、粉的、橙的、橘红的、蓝紫的。指甲上浮现出的花，争奇斗艳、娇艳欲滴。

“好漂亮的一副美甲啊。”我终于惊叹道。

房里举高左手，冲我蜷起两根手指：“喏，这几根手指代表美好的回忆，它们在我心底开出了快乐的花。”接着他举起右手，蜷起拇指，“这几根呢，都是我挺过去后，心里从痛苦中开出的花。”

“痛苦也能开花？”我瞪大眼睛问。

“失恋后的人，都以为伤口裂开后最终会结痂。其实不是的。勇敢地熬过痛苦，事后回头看，其实伤口处会开出花来。”房里认真地说，“在失去中学会如何爱，是心给痛苦的回报。”

我若有所思地点点头。

“请看我的手指。”

他话音刚落，指甲上的十朵花仿佛活了过来。它们抖抖身子，缓缓向上爬去，接着穿过指甲尖，不断地变大长高。眨眼的工夫，房里的每根手指头上都开出了一朵活生生的花。

“摘一朵吧。”房里笑着看我震惊的脸。

“可以吗？”我的目光在花朵之间穿行，“摘了可就没了。”

“没问题，摘吧。”

我从他的右手小指指尖摘下一朵蓝紫色的迷迭香。

奇妙的是，那里立马又开出了一朵同样的花。

“这是怎么回事？”我惊讶地看向房里。

“回忆比爱情的寿命长，回忆是不会凋谢的。”

“难怪你说回忆无价，不收一分钱。”我笑了。

“这支手电筒能照见人心呢，”房里指着桌上的红色手电筒说，“十指连心。通过它的光束，能在指尖上看到恋人留在自己心中的印记。一朵花就是一个印记。”

他拿起手电筒递给我：“你想看看你的吗？”

7

最近，我总是梦见一个人。

他站在白茫茫的雪地里，鼻子挺拔好看，下巴线条优美，正温柔地唤着我的名字。我远远地望着他，试图看清他的脸，但每次都徒劳无功。我拔腿跑向他，却发现他已经消失。我心急如焚，企图张嘴呼喊他，却怎么也想不起他的名字。

已经记不清这是第几次经历同样的梦境了，凌晨一点半，我爬下床，去洗手间用毛巾擦干额头上的汗。我的手指在灯光下发出惨白的光，我盯着它们，蓦地想起了红色手电筒。

在那束光照下，我的右手食指指甲上先是升起一缕烟，接着消失了；中指指甲上下过一场雨，雨滴消失了；无名指指甲上，叶子尖上挂着的一滴露珠消失了，随后叶子也消失了。

我的心里只留下了消失的痕迹吗？我的回忆真的空空如也吗？

房里告诉我，拿掉影子后，内心会变成一片荒原，记忆会变成一张白纸。

内心若是一片荒原的话，生命得多么贫瘠啊！记忆若是一张白纸的话，人生得多么了无生趣啊！哪怕是痛苦，也是真切的感受、真实的回忆啊！如果勇敢地熬过那些痛苦，我的手指尖也会开出一朵朵好看的花吧。

重新回到床上时，我看见了床边小几上插在玻璃瓶里的迷迭香。那是前两天我从房里的手指尖摘下来的。

“你知道迷迭香代表什么吗？”他的话在我耳边响起，“留下爱情的回忆。”

我在凌晨两点拨通了房里的电话。

8

房里走进我家客厅，放下背上粗如棒球棍的两根影子卷轴，郑重地对我说：“影子复归原位后，你的记忆会像洪水一样涌入脑海。那时候的回忆之痛一定会让你伤心欲绝，但也请多多忍耐。”

“嗯。”我坚定地点了点头。

他鼓励地看我一眼，解开了卷轴上的系绳。

“在得到中感受爱，在失去中学会如何爱。”我站在回忆的风暴中央，闭上眼睛，双手握紧在胸前，“勇敢的心啊，请别逃避，别将它们俩分开。”

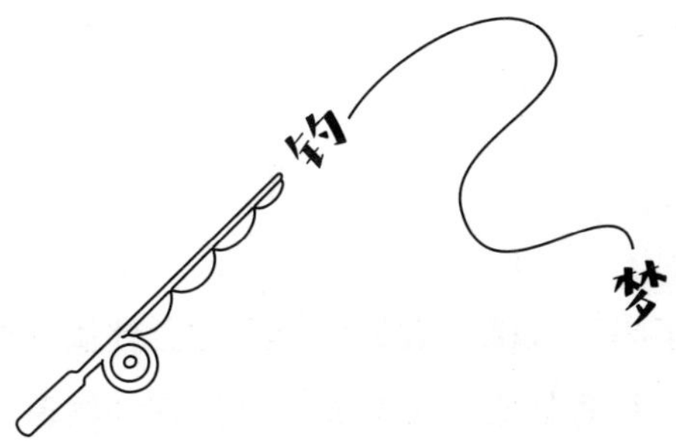

有些人终究是你生命中的蝴蝶效应，
你逃避不了。

1

“瞧见了吗？五楼左数第三个，窗台外搁着仙人球的，就是那扇窗户。”我仰起头，手指面前楼房的一扇窗，示意旁边的人朝那儿看。

“记住了。”他抬头简短地应道，声音冷静且果断。

“接下来我需要做什么？”我退到榕树投下的阴影里，认真地打量他。尽管是夏天最热的时候，他仍旧穿着衬衣和西装裤，一丝不苟地系着黑色领带。

“你得向她提起在这间屋子里发生过的事，”他不无严肃地吩咐我，“那是引导她做相关梦的鱼饵。”

“鱼饵？”

“是的，”他点了点头，“人不总是这样吗？没有具体的提示物，很难想起之前的人或事，总得有什么东西触动她。放出饵，我才能进入她的梦。当然，也未必能百分之百让梦上钩。毕竟人的梦境是一片深海，复杂程度远远超出我们的想象。”

我的脑海里浮现出深不可测的海洋，其最黑又最深的海底游动着成群的鱼。它们形态各异、色彩混杂，仿佛一个个奇诡独特的梦。

“请放心，我会努力钓起她的梦。”言毕，他向我挥手道别，几步迈入炽烈的骄阳下，很快便和白花花的日光融为一体。

我再次仰望窗边有仙人掌的窗户，那扇窗户后面是我和她曾生活过两年的地方。那里有着她的记忆，也是通向她梦境深海的入口。

我会找来钓梦人钓梦，是因为与她的一次偶遇。

2

上周周日，我去商场赴约。正值午饭时间，四台直升电梯前均排着长队，我便去了扶手电梯那里。电梯升到三分之一时，我看到了她。她化了淡妆，身穿一件天蓝色无袖连衣裙，胳膊细细白白的，右肩上挎着一个精致小巧的黑色皮包。她正在下电梯，一个人。

我确定她也看到了我。她那张秀气白净的脸上浮现出一丝微笑，眸子里射出的光如两粒星子。那光芒环绕着我，璀璨无比。在与她对视的几秒钟时间里，我的心猛地跳快。直到电梯升至顶部，我的脑海中仍然一片空白。

与她偶遇让我陷入了彻底的慌乱之中。赴约前，我不得不去了一趟洗手间。我慌不择路，险些跟随一个高个子女人走进女卫生间。我从第一个小便池走到末尾再折回原地，才发觉自己并不想小便；我抽出擦手纸擦完手后又挤出了洗手液，行为完全混乱。我像中了魔咒，困在她的笑容里出不来。

无奈之下，我给相亲女孩打了电话。我向她道歉，撒谎说家里有急事不得不取消约会。接着，我逃也似的离开了商场，开车回家。

大学实习时，我遇到了她。那会儿我们俩都对对方有好感，不到一个月便成了恋人。毕业后，我们一找到工作，便立马租房住到了一起。房子是在一个名为“快乐城堡”的小区里，小区很旧，给人灰扑扑、脏兮兮的落魄之感。我们俩的房间不足十平方米。水泥地板，老鼠色的墙壁没刷石灰，窗户上的玻璃碎了一块，双人木板床坐上去会咯吱作响。

在我十九岁生日那天，她送给我一套组合音响。那是这个房间里唯一值钱的物品，几乎花掉她一个月工资。

“我们俩真穷啊。”她笑着叹道。

“怎么会？！”我赶紧道，“这里可是‘快乐城堡’，住在里面的人都是王子和公主。”

“哪类王子和公主？”

“落难的那一类。”

类似这种对话总能让我们笑成一团。每天不管工作多累，钱包多瘪，我们总能找到乐趣，也总是心存乐观。那时我和她还年轻，有足以对抗世界的元气。

直到身后连续响起不耐烦的喇叭声，我才回过神来。我坐在车里，手握方向盘，前方的信号灯已经变红。

3

回到家后，我忘了脱鞋，忘了吃饭，躺在沙发上，眼望天花板想她。两个小时后，我不得不承认，有些人终究是你生命中的蝴蝶效应，你逃避不了。我拿出手机，拨通了箭头的电话。箭头曾是我和她共同的朋友，据我所知，他们俩还会不时地联系。

“欧薇，”光是说出她的名字，我的声音便有些颤抖，“现在单身吗？”

“单着呢。”电话那头的语气狡黠。

“我刚刚在商场里看见她了。她朝我笑了。”话一出口，我就意识到自己说了蠢话。

“她朝你笑了？你十八岁吗？”果然，箭头没忍住笑，“我说，你要是想复合，得先了解清楚她的想法，而不是一个单纯的笑。要不你问问她的意思？”

“太冒失了。”我否定道，“许久不联系的前任突然打电话说要复合，换谁都会觉得莫名其妙。”

“倒也是。”箭头沉默片刻后开口说，“你有没有想过，恋人在一起时共享了一段时光，但分手后，那段记忆对各自来说又代表什么呢？是遗憾，无奈，悔恨？是一段珍贵的记忆，还是仅仅是一场噩梦？”

“嗯。”我盯着天花板，思索和我在一起的两年对她来说究竟意味着什么。可我思考不出来。

“如果对欧薇来说是遗憾，那你们俩很有可能重修旧好。”箭头分析说，“如果对她来说已经成为无关痛痒的过去，那你便无可奈何了。”

我告诉箭头，要知道她的想法，难度无异于登天。

“要不请来钓梦人，进入她的梦里看看？”箭头建议道，“梦是一个人深层想法的图像呈现，再怎么样也能提供一些线索。”

我立马从沙发上坐起身。这个点子着实不坏。

4

和钓梦人确认好钓梦地点后，我便开始收集“鱼饵”。我先是找出她的微博重新关注，接着加回了我们俩曾有的微信好友。随后我去了一趟老小区，拍了一些具有怀旧风格的照片。

计划进行的第一天，我晒出了一张“快乐城堡”的大门照，并配上文字内容：这里住着“落难”的王子与公主，但曾经的他们很快乐。这条消息在我的微博和微信朋友圈同步发送，不出一分钟便收获了三十多个赞和十几条评论。我知道，看见消息的人都是我的信使，朋友中总有人会有意无意地透露给她。

从那天起，我几乎每天都会发一段心情文字，再配上照片。每段文字都婉转地表达了我对曾经感情的留恋，每张照片都是我和她共同记忆的再现。日有所思，夜有所梦，只要这些信息触动了她，就能成为“鱼饵”，让她梦见我。

一周后，我主动联系钓梦人，询问他是否有梦上钩。

“没有。”他不假思索地答道。

“一点也没有？”我既困惑又沮丧，“一点零星片断都没有？”

“没有。”

“哪怕我在她的梦中只是跑龙套、打酱油的也没有吗？”我不甘心地追问。

“没有。”钓梦人的语气干巴巴、冷冰冰的。

“或者她在梦里有提到我的名字？”

“没有。”

“那我能看看她上一周做了哪些梦吗？”我急了，“她总不可能一周都没做过梦吧。”

“不行，”钓梦人断然拒绝道，“这有违职业道德，我只能向你呈现有你的梦境。”

我难掩失望，长长地叹出一口气。

“我说过，人的梦境是一片深海，远比我们想象的复杂。”钓梦人最后说，“请耐心一些，持续放出鱼饵。建议回想一下让你们印象深刻的细节，细节能说明一切，是最好的触动点。”

我应了一声“嗯”，然后挂断电话。

很久没来过储物室，房间里一股灰尘味，地板上堆放的杂物几乎占据了房间的一半，但我一眼就瞧见了靠墙立着的吉他。我略一沉吟，转身拿来了抹布。

认真擦拭吉他的过程中，我渐渐发现，只要是珍贵的记忆，哪怕已经落了一层灰，擦干净后仍旧历历在目、熠熠生辉。

曾经的很多个夜晚，在那间不足十平方米的小房间里，我和她坐在咯吱作响的床上，能看见窗户框出的那一弯月亮。我看着月亮弹吉他，她看着我，目光远比夜色温柔。那时我常常唱歌给她听，唱得最多的是陈奕迅的《幸福摩天轮》。因为这首歌，我还带着她去游乐园坐过几次摩天轮。

那把吉他和那首歌能触动她吗？会是让她印象深刻的细节吗？不管怎么样，我擦干净吉他，又为它调弦校音，接着支好三脚架，再固定好手机。我将手机镜头对准自己，录了十几个我弹唱《幸福摩天轮》的视频，最后留下了效果最完美、演绎最动人的一个。

半小时后，我像往常一样在微博和微信朋友圈发送了视频，并写道：月光明亮，不如你的眼睛；夜色温柔，不及你的目光。最后，我还大着胆子将视频和文字单独发到了她的微博私信里。

评论和点赞纷至沓来，私信也很快变成已读状态。遗憾的是，她并未回复我一个字，哪怕是一个标点符号。

5

钓梦人带着钓起的梦来我家是三天之后。

他将一个火柴盒大小的白色长方体立在桌上，接着用食指在上面轻敲两下，她的梦便投影在了墙上。

那是一场小而美的户外婚礼。

芳草青青，阳光遍地，成簇的鲜花争奇斗艳，成排的木头椅子上绑着或粉色或白色的气球。落座的嘉宾无不衣冠楚楚，脸上挂着灿烂的微笑，身边还有奔跑的小孩和狗。

她身穿一袭洁白的婚纱，我则穿一套深蓝色的西服。我们俩站在台上，身后是用硬纸板搭建的城堡背景。我拉起她的手，为她戴上戒指。她张嘴无声地对我说了一句“I love you（我爱你）”，眼里满是深情和幸福。

影像消失，梦到此结束，房间里只剩秒针转动的机械声。窗外传来仓促的几声鸟鸣。

她没回复我又如何?

她对那段过去的想法都体现在了梦中啊!

我的心底升腾起抑制不住的激动与狂喜，忍不住对钓梦人说了句“谢谢”。

他没答话。

“弗洛伊德说过，梦是愿望的满足。”我笑着补充。

他再次陷入沉默，良久才开口说:“如你所见，这个梦很短，持续时间不超过十秒。盒子的体积大小同梦的数量和内容有关，我只钓上来一个梦而已。”

“没关系，”我释然道，“虽然只有一个，虽然时间不足十秒，但对我来说意义重大。”

他轻轻摇了一下头，好像并不满意。他将那个火柴盒大小的长方体放入我的掌心:“这是梦盒，请掂量一下。”

没想到梦盒看似轻若无物，实际上却很沉，其重量不亚于一个铅球。

“这很奇怪。”他面露疑惑，“好比一条一寸长的小鱼不会有一公斤，一个如此小的梦盒照理说也不应该有这么重。”

“无所谓，”我将梦盒递还给他，“我已经看到了我想看的。”

“还继续钓梦吗？”他问。

“当然。”我暗自决定，等看完几个她的梦后，就直接向她提出复合。

6

我继续在微博和微信朋友圈发布图片、文字和视频，更多也更广地抛掷“鱼饵”，并开始日日打卡，不具名地对她说“早安”和“晚安”。

一周后，钓梦人再次敲开我家的门。

这次他带来的梦有五个，装在鞋盒般大小的梦盒里。他像上次一样将它放在桌上，用食指轻敲了两下。

她的每个梦里，除我之外还多了一个陌生男人。

男人虽面容模糊，但从体形可判断出是同一个人。三个人同时出现的场景里，他们俩不是眉目传情，就是凑近说着什么，一脸的柔情蜜意。

我站在一旁，垂着头、拉长脸，像一个不合时宜的闯入者。

在第三个梦中，我拨弄着那把吉他，企图用歌声引起她的注意。

而她却径直走到一架钢琴前，开心地敲击键盘，目光一次也没从另一个男人的脸上挪开。

我像一个掉入她梦境深海的溺水者，逐渐被黑暗和绝望所淹没。

“他是谁？”我指着男人问钓梦者。

“不能说。”他回答得斩钉截铁。

“他是真实存在的人？”

“不能说。”

“没关系，”我无所谓地耸耸肩，“梦是反的。”

“行吧，”他突然死死地盯住我的眼睛，像在审视我，“你只看你想看的，只相信自己愿意相信的。”

“我能怎么办？”我被他激怒，“你先是给了我一个如童话般结局的美梦，又接连给了我几个噩梦。你能告诉我，她为什么会梦到和我结婚吗？你不能让人幸福得晕头转向后又告诉他这只是一个玩笑。你不能拿幸福开玩笑啊，哪怕是在该死的梦中。”

“你可以钓梦，但你不能寄希望于一个个梦。”他第一次如此温柔地跟我说话，“你为什么不直接问她呢？”

我缓缓开口道：“如果她告诉我，我视若珍宝的那段记忆对她来说弃如敝屣怎么办？”

“那你得有接受自己是敝屣的勇气。”他恢复了一贯的严肃，“不管怎么样，那都是你自己造成的。”

可惜那种勇气我压根儿就没有。

钓梦人离开后的第二天，她主动打来了电话。

7

下午三点，她出现在了咖啡馆门口。她的穿着打扮和我上次看见时一样：天蓝色无袖连衣裙，小巧的黑色皮包，化了淡妆。当真实的她在我对面坐下时，我竟有些恍惚，怀疑这只是一场梦。

即使店里开了冷气，我放在膝盖上的手仍然直冒汗。我接连喝了几口冰水，发干的喉咙也并未得到缓解。我在心里不断地打着腹稿，想告诉她，曾经的我不懂珍惜，以为美好就像夏日夜晚洒进房间的月光一样免费供应，幸福就像拧开水龙头就能源源不断地流出水一般。事实当然并非如此。美好的时光由于她的缺席一并逝去了。只有我们俩在一起，才能制造美好。

“别在微博和微信朋友圈里发那些内容了，好吗？”她率先开口，打乱了我的思绪。

“什么？”

“我已经有男朋友了。”她平静地宣布，“你认识他，箭头。”

“可箭头前阵子才说你是单身。”我惊恐地望向她。

“那时我们俩还没在一起。”

我猛然想起她梦里的陌生男人，又记起箭头的提议。箭头大概是想通过钓梦人让我死心，让自己放心吧。

“他也太自私了。”我愤然道。

“在爱面前，人都是自私的。”

“难以置信，”我摇摇头，心像面前的冰咖啡一般彻底凉透，

“真希望这是一个噩梦。”

“隋小左，”她笑了，“你还是老样子，只记住美好的事物，只看自己喜欢看的。你大概忘了我们为什么会分手了。还记得我之前提到结婚时，你惊恐万分的样子吗？”

我皱起眉头，竭力阻止一点点渗出的回忆。

“摩天轮，”她继续道，“我们的感情就像那样，很美好，却也只有美好了。它哪里也抵达不了，一直在原地转圈。你不能永远待在摩天轮里，你得下来，双脚接触地面，走向现实的一面。”

我久久地沉默无言，终于用尽全身力气对她说：“我答应你，我不会再发了。”

8

我清空了在微博和微信朋友圈发的所有内容，并删除了手机里近日储存的照片和视频。我总算明白，她在商场看见我时的笑就已经说明了一切。我也终于有勇气承认，她早已放下了那段感情，早已不再爱我。

一个下雨天，我走进储物室拿出吉他，将它扔进了楼道的大号垃圾桶里。待我正要转身返回家里时，钓梦人打来了电话。

“有一个消息必须告诉你。”他的语气有些紧张，“第一个梦盒之所以那么沉，是因为那个梦她做了十九次。人的梦境是一片深海，远比我们想象的要复杂。我也是最近才弄明白的，抱歉。”

我哑口无言。

“还有一件事，第一个梦并不是她近期做的，而是她住在‘快乐城堡’那间屋子里时做过的梦。”他抱歉地说，“你是对的，梦是愿望的满足。她曾梦想和你结婚，梦了足足十九次。”

我没说话，只是久久地盯着垃圾桶里的那把吉他，眼里流出泪水也浑然不觉，直到看不清吉他的弦。

耳

语

当耳朵捕捉到一句让你心跳加速的话时，
爱情就会发生。

1

耳鸣持续整整一周后，晓宇带我去耳鼻喉科看了专科医生，还让我尝试了网上诸多的民间治疗偏方，但仍未取得任何效果，甚至连病因也未查明。

“好像耳朵里钻进了苍蝇，”我尽量以冷静的语气道，“倒也没什么大不了，不痛不痒。”

“听我说话没问题吗？”

“嗯，只是声音有点小、有点远，好像你和我隔着很远的距离。”

“再等等好了，”他安慰我，“说不定过段时间，耳鸣就自行消失了。”

然而耳鸣不仅没有消失，三天后情况还急转直下。在晓宇生日那天，我去他家为他精心烹饪了晚餐：泰式青柠鱼、牛排、菠萝饭和炸虾，甚至还自制了焦糖布丁。

那晚本应该很美。温馨的烛光，可口的晚餐，身形修长结实如希腊雕像般的男友，都让我感觉事情正在往好的方向发展。可当我吃完一小勺布丁，问晓宇晚餐味道如何时，却只看见他的嘴唇张合了两下。

“好吃吗？”我提心吊胆地再问了一遍。

晓宇张嘴发出几个短促的音节，声音却不知被吸去了哪里。

我故意用力地将不锈钢小勺扔进装虾壳和鱼骨的碟子里，依然未闻声响。我看了一会儿对面的晓宇嚼牛排、吃炸虾、喝红酒，像是看着从哪儿截取而来的无声电影画面。我第一次觉得安静地吃饭是如此可怕。

“晓宇，我好像听不见了。”我迟疑着说出了内心的想法。

晓宇蓦地放下刀叉，继而抬起头惊讶地看向我。他开始说出一连串词句，神态焦急，还打着手势。而我只是两眼紧盯插在玻璃瓶里的玫瑰花，不停摇头，惊恐地重复着“听不见”。

晓宇隔着餐桌伸出长长的手臂，两手按住我的肩，眼里满是担忧。

我将目光移到他的脸上，绝望地道：“我不会是聋了吧？”

他闭上嘴巴，久久没再说话。

2

“不过是晓宇朝你耳朵里扔了一枚炮弹罢了，不碍事，能重新听见的。”微信对话框里的韩茜一副轻描淡写的口吻。

“朝我耳朵里扔了炮弹？”我立马打字回复她。

“嗯，一定是他对你说的哪句话杀伤力太大，以致把你震聋了。你知道人体有自我保护机制吧？这是你的耳朵做出的应急措施。”

我盯着这条消息，不知说什么好。

“他到底对你说了什么，能让你如此伤心，难不成是劈腿了？”韩茜总是这样，接二连三地抛出直接又尖锐的问题，让人无法招架。

“没有。”我赶紧说。

“最好是那样。”她回复道，“别担心，我这就预约掏耳人为你清洁耳朵。”

“掏耳人？”

“嗯。”韩茜没再多做解释。

一个周日午后，我照韩茜预约的时间与地点来到了掏耳人的店。店藏在主街一个不起眼的巷子里。巷子又长又直，好似利剑辟出的一条裂缝。路的尽头兀自立着一间刷着白漆的商店。一块巴掌大的木牌挂在墙脸左侧，上面用隶书写着“耳语”二字。四周鲜有行人，不见花草，不闻鸟鸣。店仿佛是刚长出来的，又像是梦里缺少细节和实感的建筑物。

我扭动球形金属门把手，推门入内。

一个女人坐在屋子里，见我后便立起身，径直走向我。她身穿一件波西米亚长裙，长发用丝巾束着，脸上没有化妆。

我指指耳朵，她轻轻地笑了，拉我在靠墙的沙发上坐下，又从随身的帆布包里掏出一个银质挖耳勺和一个透明的袋子。她拿着挖耳勺，凑近我的耳边说了什么，又握了握我的手。我立马明白过来，她是在向我传达放心的信号，类似医生给病人做手术前的鼓励和安慰。

在掏耳人替我清理耳朵的时间里，我得以仔细地打量这间屋子。

这里与其说是店铺，不如说是一间展览室。屋内的每面墙边都搁有一个高达天花板的木柜。木柜很长，上面摆放着尺寸相同、间隔有序的玻璃瓶。玻璃瓶有奶粉罐大小，瓶口拿软木盖封住了。让我惊诧的是瓶子里的东西：玻璃碴儿，小石子，铁块，鱼刺，梧桐叶，蝴蝶翅膀，甚至有一块烧红的炭……

“干吗把这些普通的东西装进瓶子里呢？”我太过惊讶与好奇，全然忘了就算她做出回答自己也听不见这一事实。

“里面并不是普通的东西，它们是爱情的语言。”

挖耳勺离开我耳朵的那一刻，我不仅准确地捕捉到了她的声音，还辨识出了她沙哑低沉的音色。

“我能听见了！”我惊喜地嚷道，又兴奋地向她道了几次谢。最后，我重新将话题引到玻璃瓶上。我迫切地想知道，掏耳人为何将如此平常的事物视作爱情的语言。

“喜欢的人说的话，人们会特别敏感、在意，不觉得？”她反问我。

我点点头。

“心是最柔软的陆地，喜欢的人的话通过耳朵，抵达心脏，着陆后是会变成各种事物的。这时候的语言，有形状、温度和重量。”她的眼睛扫过墙上的一排架子，解释道，“毕竟爱情看不见、摸不着，所以它发生时，需要证据，消失时，需要遗迹。”她扭头看向我，“当然，出问题时，需要提示。”

我沉吟片刻，想起韩茜的话，便问道：“你从我耳朵里掏出了什么？炮弹碎片吗？”

她轻轻摇了一下头，朝我晃了晃手里空空如也的透明袋子。

3

“所以说，是一袋空气？”韩茜皱起眉毛，“晓宇的话在你心里就那么无足轻重？”

我坐在韩茜对面，低头啜着服务员刚端上桌的莫吉托。

“伍瑶，你到底喜欢过他吗？”

“我当然喜欢晓宇。”我蓦地抬头盯向她，有些恼怒。

“可事实证明，的确空无一物啊。”韩茜质疑道，“前阵子我和我老公吵得不可开交，便一个人去了耳语。掏耳人从我耳朵里掏出了三枚又尖又长的刺。我将它们拿给老公看，告诉他说过的几句话伤到了我。铁证如山，他反省得很彻底。人就是这样，只能感受到看得见、摸得着的东西。”

“是啊，当爱情出现问题的时候，是会有提示物的。”我移开视线，用手指拨弄着杯子边缘的薄荷叶，叹气道，“为什么我的偏偏是一袋空气呢？”

“你左耳进，右耳出呗。”韩茜肯定道。

我懒得辩解。

“当耳朵捕捉到一句让你心跳加速的话时，爱情就会发生。”韩茜盯着我，不依不饶地追问，“你回想一下，你有吗？”

我紧张起来。

“爱情发生时，你甚至是能闻到花香的。”韩茜说完，从包里拿出一个玻璃瓶。一个样式和耳语店铺里一样，尺寸却缩小到只有两指长的玻璃瓶。

“伍瑶，你有被爱情打动过吗？”韩茜将玻璃瓶轻轻地搁在桌上。

我定睛注视着瓶子里那枚小小的玫瑰花瓣，胸口似挨了一鞭子。

男朋友晓宇是个灰调子的人。印象中，他从未大笑或大喊过，也没做过动作夸张的肢体语言。他沉静内向，却并不孤僻；他不苟言笑，但彬彬有礼。在每次和朋友们聒噪、兴奋的聚会中，他永远表现得冷静从容。他是一抹灰色，能渗透与稀释饱和度过高的色彩。在我眼里，他的这一性格特质充满魅力，让人着迷。

在韩茜的婚礼上见过晓宇后，我便开始向他展开大肆地追求。我打听他的口味和喜好，在每个有他参与的聚会中捕捉他的表情，揣度他的想法。我积极地约他聊天，请他吃饭并赠送礼物。和晓宇成为恋人那天，我整晚躺在床上，脑子里不停细数我俩相处时的细节，以致彻夜难眠。

刚和晓宇在一起时，我的生活里充满着甜蜜和幸福。但一个月后，激情退去，理智登场，我隐约觉察到我俩关系里的不和谐音。晓宇的灰色性格像一壶达不到沸点的水，始终不够炙热与滚烫。他几乎不说情话，取悦与逗乐我的行为也一概没有。我像一个索要拥抱却只得到握手，期待亲吻却只得到拥抱的人。我俩的亲密步调并不一致，一种微妙的错位感横亘在我与他之间。

韩茜并不知道，她的质问其实是我对晓宇的质问。他有被爱情打动过吗？确切地说，是有被我打动过吗？掏耳人说，爱情发生时，需要证据，可晓宇从没对我说过“喜欢你”“想念你”之类的话。掏出一袋空气，其实不是他的话无足轻重，而是根本就无话可掏吧？

那么，使我耳聋，伤害我的又是什么呢？

4

从耳语回家后，我并没有把恢复听力这件事告诉晓宇。我决定装聋作哑，置身事外，以旁观者的角度倾听并分析晓宇说的话。他那有限的日常话语里，一定有使我耳聋的缘由，也一定隐藏着我俩问题的症结。

自从我“耳聋”后，晓宇变得体贴不少。他禁止我下厨，他烹饪一日三餐，还一人包揽了刷碗、拖地和整理房间等家务。我在他坚决的命令中被排除在所有家务活之外，哪怕只是打开门去楼道扔一袋垃圾。这一切“对话”都通过纸笔和简单易懂的手势传达，晓宇在我面前几乎不再开口说话。

“你可以用嘴说话的，没关系。”六月的一个清晨，我移开餐桌上的鲜榨果汁和牛角面包，在红色封面的笔记簿里写下这句话，然后举给坐在对面的晓宇看。

晓宇微笑了一下，摇了摇头。

“这不变成一个聋子，一个哑巴了吗？很奇怪。”半分钟后，我再次举起笔记簿。

晓宇拿起手边蓝色封面的笔记簿，在里面写下一行字后举起来：“明知你听不见我还说话，这才奇怪吧？”

我瞪着他，抱起双臂表示不满。

“语言就像互递信号，双方都接收得到才有意义。如果只是我单方面开口说话，不公平。”晓宇再次举起笔记簿解释道。

他的话提醒了我。我虽然在装聋，但未失去说话的能力。我思索片刻，便大胆开口说：“爱情不也像互递信号，让对方接收吗？但我一直接收不到你的信号，你觉得这公平吗？”

晓宇的脸在一瞬间绷紧。

“有人告诉我，恋人的话是有温度、形状和重量的。可你说过一句拨动我心弦，让我感动或温暖的话吗？一直都是我在主动，我的心意你接收不到。或许你接收到了，只是并不想回应？”我大声说出自己的想法，并在心里告诉自己，把晓宇当树洞好了。不管他如何回应，我都必须装作听不到。

晓宇锁着眉，既没有开口，也未伸手去拿笔记簿，他只是沉默。

“根据你的口味研究食谱，出其不意给你寄礼物，等在你家楼下给你惊喜，对你的关心……所有这一切，只是我的一厢情愿吗？难道我从来就没打动过你？”

坐在餐桌边的晓宇仍旧没说话，已然沦为了彻头彻尾的漂亮雕塑。

“耳朵对恋人说过的话会很敏感，有些话会在不经意间伤害到对方。讽刺的是，明明你没对我说过能反映你心声的话，那到底又是如何伤害到我的？”哪怕是气恼地说出这些话，我仍没忘紧盯晓宇的表情。我不愿错过任何细节。但他的眼神复杂如迷宫，嘴唇似两块闭合在一起的千年磐石，表情也几乎成了一片拿定主意拒绝他人探索的荒原。

我等了片刻，随即失望地从餐桌边站起身。

“喜欢的人走近你时，你是能听到脚步声的。”转身那一刻，晓宇开口了。我尽可能泰然自若地离开，每一步却都像踩在一个问号上。

5

晓宇的行为从那以后变得古怪起来。很多次他拉过我的手，欲言又止，脸上的表情好似刚吞下一只癞蛤蟆。接着他会抓起笔记簿和签字笔，下一秒却神经质地扔得老远，仿佛它们易燃易爆。他看我的眼神变得拘束紧张，有时甚至会避开我的目光。

你说呀。数不清多少次，我提着一颗心，盼着那些被绑架在晓宇嘴里的句子挣脱而出。

我又气又急，险些忘了自己的伪装。更严重的是，一个天空浮满彩云的傍晚，我把待洗衣物放进洗衣机后，耳中忽然响起“嗡嗡”的声响。在怔怔地望着机器搅动衣服的过程中，我意识到耳鸣卷土重来。我几乎没有犹豫一秒便离开了家。

未经预约便匆匆踏进耳语，掏耳人有些吃惊。那时她正坐在沙发上喝茶，身着和上次一样的波西米亚长裙，拿丝巾束起长发。

“冒昧打扰了，可我真的不知道该怎么办。很快我就会再次听不见的。”我的声音带着哭腔，语调近乎绝望，“我实在需要你的帮助。”

“首先你需要一杯茶。”掏耳人让我在沙发上坐下，又起身替我泡了一杯茉莉花茶。

茶的温热和花香使我镇静下来。我握着茶杯，视线忽然停在木柜里的一个玻璃瓶上。我认出了它。那个奶粉罐大小的玻璃瓶里空无一物。不，准确地说，是装着一罐空气。

掏耳人捕捉到我的目光，手往架子上一指：“看见那个装木炭的玻璃瓶了吗？它来自一个二十岁的小伙子。爱情发生时给他的感觉太过强烈，恋人说的每句话都能牵动他，以至于他无法思考任何事。他只觉得身体快烧起来了，便到这里来掏出了一块木炭。那块炭红澄澄的，像烧烤架子底下的木炭一样滚烫。你一定吃过烧烤吧？”

我忍不住笑了。

“另外有一个失恋的小伙子，整整一个月，除了雨声他什么都听不到。”她的手指向另一个装有水的玻璃瓶，“我从他耳朵里掏出了很多很多水，多到打湿了地板。他说分手前的那阵子，她说的每一句话都成了一个雨天。”

我喝了一小口茶，默然无语。

“昨天来的一个姑娘，耳朵之所以听不见，只因她问男朋友‘你是不是不爱我了’之后，对方选择了沉默。我从她耳朵里掏出来一堆炸裂后的碎片。”掏耳人沙哑的嗓音温柔而平静，“有时候，伤害可能是无声发生的。”

我猛然想起了晓宇，想起了他如谜语般的沉默。一个想法划过我的脑海，清晰如一道闪电。我终于明白了使我“耳聋”的缘由。

“那里面装的不是空气，是沉默。”我指着架子上的空玻璃瓶，喃喃道，“爱情中，在该说话的时候不说，该回应的时刻鲜有回应，也是一种伤害。沉默也是一种伤害。”

“或许吧。”她意味深长地笑了，“我想你误会了，那个玻璃瓶不是你的。”

6

接下来的一周，我的耳鸣越来越严重。街上人来人往的喧闹，汽车的鸣笛，小区里的狗吠，甚至是窗外的鸟啼，都被我的耳朵滤掉了一层。我的耳朵里仿佛搁了一台年久失修的破机器。它因零件损坏而发出无休无止的呻吟，一如我尚待修复的爱情。

某天夜晚，我从睡梦中醒来，察觉到房间里有对目光盯着我。我赶紧坐起身，拧亮了床头灯。

是晓宇。他穿着睡衣，光脚坐在地板上，抱着胳膊缩成一团。

见我醒来后，他便将目光轻轻地搁在我脸上。

“伍瑶，我害怕。”晓宇忽然开口，眼神像刚从某个遥远的地方旅行归来，“我一直都害怕。还记得韩茜婚礼那天吗？人海里偏偏是你走向我的那一刻，周围的声音都消失了，我只能听到你的脚步声。我看见你泰迪狗般毛茸茸的头发，你左边耳垂上的痣，甚至是白裙子袖口上的线头。你变得很大很大，大到细节清晰可见，大到占满了我的世界。一个人怎么能成为另一个人的世界？这难道不让人害怕吗？”

虽然他的声音听起来很小很远，但信息确凿无误地落进了我的耳朵里。

“或许对很多人来说，爱情是甜蜜，是温暖，是狂喜。对我来说不是的，爱情是恐惧，是混乱，是失控，是不解。每次听到你甜蜜的话，我不知道该如何回应。我会想，我值得吗？我吓坏了。一个被吓坏的人无法选择词句，更别提流利地表达。所以很多时候，我选择不说。但你说得对，不回应的爱情，不公平。说出我的恐惧后，感觉好多了，虽然是在你听不到的情况下说出来，但我想也是一种回应。”

我被晓宇一连串直白的表达震得有些眩晕。不管是在数量还是在程度上，它们都强烈地摇撼着我的心。还没等我回过神，晓宇已经走出了房间。回到卧室后，他的手里多了一个玻璃瓶。一个空空如也的玻璃瓶。我险些惊叫出声。

“有个独特的店老板告诉我，爱情发生时，需要证据。喜欢的人说过的话，通过耳朵抵达心脏，会变成各种事物。”我紧张地盯着晓宇手上的玻璃瓶，仿佛它是一颗定时炸弹，“可她从我耳朵里只掏出来这个。”

晓宇拧开软木盖的一瞬，汹涌的声音泄进了房间，数不清的句子争先恐后地溢出来：

晓宇，你的眼睫毛好长，好可爱呀。

晓宇，你一定是上天派发给我的礼物。

晓宇，你知道吗？你是一颗珍珠，哪怕你有很多缺点，也是一颗带有瑕疵的珍珠。

……

“伍瑶，你一直都在打动我。”晓宇的声音穿过我耳边打雷般隆隆的声响，像一粒种子在我心口轻盈着陆，“爱情发生时，我听见了声音。”

相
机
人

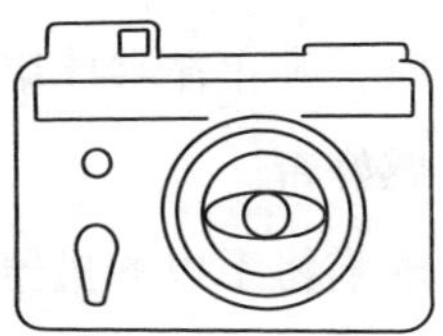

你要通过自己的眼睛看世界。

1

我走进朋友喵喵家时，她正在客厅里摆弄着一台单反相机。

“你买的？”我略感好奇。

“相机用不了。”喵喵将手里的机器递给我，“你瞧瞧。”

相机粗笨得像一块砖头，机身上的镜头、快门按钮和模式拨盘仿佛随意粘上去的黑色塑料块，显得廉价和粗制滥造，但掂在手里的重量却和一般的单反相机无异。

“为什么没有取景器、显示屏和调节键？”我翻看着相机，疑惑道，“甚至没有电源开关。”

“我也觉得奇怪来着，”喵喵拿起桌上的无糖可乐，啜了一口接着说，“上个礼拜在一家vintage（复古风）店里买的，当时还以为是个相机形状的装饰品。”

“难道它不是吗？”我笑了。

“‘某位知名艺术家画了一幅画，画上是一支烟斗，但烟斗下面的文字却写着这不是一支烟斗。你看到的不是相机形状的装饰品。’店主当时就是这么给我解释的。我一下子就爱上了这个荒诞的说法，便立马掏钱买了。”喵喵将手里喝光的可乐罐扔进垃圾桶，在沙发上将身体挪动了两厘米。赘肉将她的T恤往两边撑开，看上去像两张鼓足了风的帆。她伸出一根手指指着自己，“就像有人在对我说，你不是胖子。”

我卡在语言轨道的接轨处，不知接下来的话该如何运行。

“相机送给你。”

“啊？”

“本来我就是为你逛的vintage店，”喵喵热忱道，“你不是喜欢过去的东西吗？”

“谢谢。”就像我不擅长聊天一样，我也同样不擅长拒绝。我再次低头打量手里的相机，仿佛打量一块长角的石头。

2

相机被我放进了抽屉深处。直到一个月后，我不经意将它拿出来，发现上面竟多出了一个显示屏。我举起相机，对着窗外的街景按下了快门键。

“咔嚓”一声，一张照片从相机底部的窄缝里钻了出来。相片纸上显示的正是窗外的街景，但像素和分辨率都太低，只在上面留下了模糊轮廓。

我觉得奇怪，却还是举着相机，转身为房间内部连拍了好几张照片。“咔嚓”“咔嚓”“咔嚓”——那悦耳的声音像是逮住了正在逃跑的时间。

“别那么快，我喘不过气来了。”

我蓦地停下手中的动作，侧耳静听。

“抱歉，才开始生长，心肺功能不怎么好。”还是那个声调，彬彬有礼，但态度坚定。

我怔在原地，吞咽了一口唾沫。

“能提个意见？”我终于察觉到，那个声音来自相机。他不等我回答便接着道，“别让我待在抽屉里，空气不怎么好，在那儿我老打喷嚏。”

我将相机翻过来，看见镜头里坐着一个小人儿。小人儿五厘米左右高，穿一套类似列车员常穿的那种深蓝色制服。他摘下脑袋上的宽檐帽，躬身向我敬了一个礼。接着，他推开镜头上的厚玻璃走出来，仿佛那里有个门把手。我惊讶地看着他翻身爬上镜头圈，再灵巧地攀上相机顶。他坐在机身边缘，腿悬在镜头上。他开始像坐在屋顶阳台上的孩子一样甩动双腿。

“嗨，”见我不说话，相机人主动开口道，“你抽屉里有本《汉语研究》，正好能帮我学习语言，只是那本书又脏又旧，还散发出怪味，看来不太新鲜啊。”

我被他的表达方式逗乐了，在心里琢磨着下次在抽屉里扔一本《古代汉语》。

“我叫隋唐，”我问他道，“你呢？”

“我可没有什么名字，”相机人抱起胳膊，显得引以为傲，“名字那玩意儿，就该发射到太空，让它成为太空垃圾。”

“要不叫你‘喷嚏’？”我试探着问。

“貌似也行。”没想相机人立马让步了。

我将相机连同喷嚏搁在书架上的绿萝旁，那里阳光正好。

3

清晨，我从书架上取出一本《语法讲义》，在书桌前坐下，由此开启了周末的第一天。

喷嚏照常从相机镜头里走出来，这一次他坐到了镜头圈上。他看了我很久，终于问：“你不出去玩儿？”

我摇摇头，眼睛并没有从书上移开。

“你应该和恋人或朋友一起逛街、购物、尝遍各地美食。”

“没兴趣。”

“你不能活得像一张白纸。”喷嚏开始大声发表看法，“有时候，你得靠别人，为你的生活绣花边，镶个框，上点色。那才是令人羡慕的生活。”

“生活不是展览，不需要装饰给谁看。”我沉静地应道。

“又是汉语语法书？”

看来他是铁了心不让我继续看下去。我叹了口气，抬头看向书架。

“为什么喜欢看这类书？不觉得无聊？”喷嚏迎向我的目光。

“不觉得汉语虽然被人们长期挂在嘴边，背后的故事却被束之高阁？就像我们身为人，却并不清楚人性。”

“我的脑袋，深刻的东西可装不了。”喷嚏沉思道，“可能因为我不是人？”

我笑了。

“我想出去走走。”喷嚏目光恳切地看着我，“但我不能离开这个相机。”

我问他为什么。

“你有看到公交车或地铁列车员离开自己的驾驶间吗？”喷嚏反问我。

“所以是你在操控相机？”

“可以这么说吧。目前我需要更多的阳光和运动，以加强骨骼生长。”

“你在长？”我惊讶道。

“当然。”

“何以见得？”

“到时候你就明白了。”喷嚏请求道，“你能带我出去走走吗？哪怕十分钟也好，不会耽误你太久。”

我略一沉吟，点头答应了他。

从那个周末起，我开始每天抽出半个小时，背着住在相机里的喷嚏出门散步。喷嚏总是站在镜头前，双手扒着玻璃好奇地打量外面的世界。很多时候，他会不分场合地走出镜头，满脸兴奋地望着我，开口前的表情仿佛揣着天大的好消息，但接下来的话往往不过是：

“哇，晚霞美得让我热泪盈眶！可是，男儿有泪不轻弹。”

“快看，狗们快速交替四条腿奔跑的样子，我都替它们开心。哇！”

“刚刚雨打在镜头上，五颜六色的。这是点点滴滴的彩虹吗？”

“在阳光下躺一躺，就能获得美好。”

虽然觉得喷嚏蛮可爱，但每到这个时候，我还是会赶紧把他劝回相机镜头里。除了害怕他人异样的眼光，也是出于安全考虑。有次我蹲下身系鞋带，一只路过的野猫立马将脸凑到喷嚏身上，险些一口叼走他。

带喷嚏散步的第四周，他忽然告诉我，自己更喜欢凹凸不平的小路，而不是平坦开阔的大道。

“可我没带你走过什么凹凸不平的小路啊？”我纳闷道，“城市里几乎没有小路。”

“当然有，”喷嚏有些气鼓鼓的，“盲道就是。”

我愣了两秒，随即大笑起来。笑完后我问他：“你喜欢我散步时走盲道？”

“嗯，”他点点头，“还可以再激烈一点。”

“激烈？难不成让我背着相机坐过山车？”

“跑步可以吗？”他试探着问。

“貌似也行。”我不喜欢跑步，但不知怎么却毫不犹豫地答应下来。

于是，我的活动行程由每天半小时的散步改成了跑步。有次我背着相机在小区楼下跑步时，正好撞见了提前赶来我家聚餐的喵喵。她目瞪口呆地盯着我，当即吓掉了手里的可乐罐。

4

喷嚏感到全身疼痛是在我跑步后的第三个月。他一连疼了两个星期，并拒绝说话，不愿出门。很多次我凑到相机前，伸出小拇指敲敲镜头，但背对我的喷嚏一次也没转过身。

我既担心又着急，却无计可施，唯一能做的就是每天把头伸出窗外，用目光追捕并祈求阳光。赶上阴天时，我便把台灯调到最亮，仿佛牙医给病人看牙一样让光线聚焦在相机上。我从未如此强烈地期待喷嚏站起身，像之前无数次那样推开镜头玻璃，满脸兴奋地对我感叹一句“哇”。

第三周的一个下午，喷嚏忽然从镜头里走出来，嘴里大声叫着：“快看模式拨盘！”

“模式拨盘？”我盯着他，还未从惊喜中回过神。

“我身上的模式拨盘啊。”喷嚏激动不已。

我这才想起喷嚏是一台相机。我拿起它仔细打量，看见以前空无一物的位置出现了模式拨盘。我蓦地看向喷嚏。

“新长出来的，疼了我足足两个星期，”喷嚏自豪地说，“这就是所谓的成长的疼痛吧。”

不同于普通相机模式拨盘上标注的 A、S、P、M 等，喷嚏身上“长”出来的，竟是眼睛、鼻子、嘴巴、腰腹、大腿等人体图案。

“这到底是怎么回事？”我不明所以。

“和你们人类长大一样啊，我长成一台成熟的相机了。”喷嚏催促我道，“快，试着用我给窗外的景色拍张照。”

像上次那样，我举起相机，对着窗外的街景按下了快门键。这次的照片非常清晰，连路灯上一个五角星形状的污渍也看得一清二楚。

5

后来我才知道，喷嚏不仅能拍出清晰的照片，还能拍出完美的照片。

喵喵来我家吃火锅的那个周日中午，我将发生在喷嚏身上的事向她和盘托出。

“所以说，它真的不是相机装饰品啊。”喵喵发出一声惊叹。

“它不仅是一部真正的相机，而且里面还住着一个小人儿。我觉得喷嚏是那台相机的灵魂。”

“相机刚传入中国的时候，人们传言说用相机拍照会夺走人的灵魂，你却干脆说相机里住着灵魂。”喵喵笑道，“要不用你的灵魂相机给我拍张照？”

“当真？”我诧异地盯着她。

喵喵郑重地点点头。

“好。”我起身离开餐桌，去书房拿来相机。

喵喵是我认识的人中最讨厌拍照的。在每次与同事们的聚餐中，她总是坚定地拒绝镜头，不是找借口溜掉，就是用双手挡住脸。在那些必须出席的活动现场照里，她的一部分脸总是藏在厚重的齐刘海和遮住两颊的长发下，露出的部分则皱成了一团糊状物，上面浅淡的五官几乎让人过目即忘。不管她穿着多么宽松的深色 T 恤，赘肉还是会像小山丘一般朝各个方向鼓起来。在与喵喵相处时，我总会小心地绕开身材体型这类话题，以免伤到她的自尊心。因此，当她主动提出要拍照时，我惊讶不已。

喷嚏拍出的照片让我和喵喵面面相觑。照片中的人是喵喵无疑，但有什么地方已变得截然不同。她的眉眼变得清晰有神采，鼻子和嘴巴也与面部极其相衬。虽然身材照样略胖，但线条舒缓平衡，反倒为体态注入了一种元气满满的丰盈之美。

“难道这是单反版美颜相机？”喵喵满脸惊讶地问我。

眼前的喵喵和之前的喵喵丝毫没差。我看着她，不知如何作答。

喵喵很快掏出手机，手指滑过屏幕，熟练地点击进入一个APP。瞥见美颜相机的图标时，我的眼睛被刺了一下。我看着喵喵快速地切换到前置摄像头，自拍了一张照片。她看了一眼那张照片，再看了看相片纸，语气里有无法抑制的喜悦：“不对，喷嚏拍出的照片漂亮太多了，更自然，也更完美。”

“我不知道你还下载了美颜相机。”我的语气有些走样。

“这有什么大惊小怪的？”喵喵仿佛变了一个人，她站起来，一把将我按在了椅子上。待我还没反应过来，她已兴致高昂地抓起桌上的相机，“来，我给你拍一张，看看是什么样。”

喷嚏就是在这时从镜头里弹出来的。他推开镜头玻璃时太过用力，以至于整个人顺势被甩了出来。

“我不会给唐唐拍照！绝对不会！”他气势汹汹地吼道，一只胳膊还吊在镜头圈上。

喵喵低头看着手里的相机人，惊讶到忘记说话。

喷嚏以一只胳膊为支点，翻身便爬上了镜头圈。他站起来，目光如炬，叉腰的样子显得威风凛凛：“胖子，听清楚了吗？”

我向喷嚏使了个眼色，示意他赶紧回到相机镜头里。他立马心领神会，乖乖地退了回去。

喵喵再也没有吃火锅的兴致，她神采尽失，又变回了那个眼神呆滞、行动迟缓的人。我将她送到门口，抱歉地说：“对不起，我不知道你喜欢上了拍照。”

她飞快地看了我一眼，脱口而出道：“我也不知道你这么刻薄。”

仿佛一支箭刹那间刺穿我的身体，我杵在那里，脑袋一片空白。

“我们都喜欢把东西藏起来。”喵喵停顿了一下，脸上的冷笑僵硬而陌生，“是的，我胖，所以把身体藏在肥大的 T 恤下。学校里的老师都说你有社交障碍症，所以才把全副心思放在汉语研究里。你那么喜欢过去的事物，不过是无法应对现在吧？每次和你相处时，我总得小心翼翼，避免谈到社交相关的话题。我从不敢约你逛街，怕其他人在场让你为难，所以只能单独约你。我那么在乎你的自尊心，可你呢？我拍点自欺欺人却能让我开心的照片有什么错？”

喵喵的话犹如无数枚炮弹在我耳边轰鸣，我记不清自己是什么时候关上的门，又是以什么样的心情走回了房间。

6

我坐在书桌前，这才发现自己手里还捏着一张照片。那张喷嚏给喵喵拍的照片。它背弃真实，定格了一份虚构的美好。过去的事物同样被定格和框牢了，我喜欢研究汉语语法，是因为它更坚固，我迷恋过去的事物，只因为回忆过去的时候，我总是倾向于只回忆美好的那部分。喵喵说得对，我和她一样。对脆弱的人来说，美好的幻觉才能支撑我们度过每一天啊。我感到伤心和自责，我是不应该对喵喵说出那种话的。

书架上的喷嚏不知看了我多久，等我留意到他时，发现他脸上写满了担忧。

“能拜托你一件事吗？”我想想后开口道。

“当然可以。”

“喵喵喜欢你，她喜欢你给她拍出的照片。”我站起身，盯着喷嚏的眼睛，“这款相机本来就是她送给我的。”

“你想把我还回去？”喷嚏的声音有些紧张。

“不，”我摇摇头，“只是借。”

“但我只能拍出最完美的照片，我是个废物。”喷嚏愤懑道。

“什么意思？”

“我是个废物，因为我没有记忆。”喷嚏缓缓开口道，“完美的标准是统一的，都是一个样。我拍出的人，虽然漂亮，但他们都是从一个模子里刻出来的，是一连串的复制品。我拍过的人，我只能记住他们拍完后漂亮的容貌。之前我就对你说过，我的脑容量很小，只够存一个漂亮模板。”

“这就是你不愿意为我拍照的原因？”

“嗯，我想记住现在的你。”喷嚏说。

“现在的我有什么好啊？”我喟叹一声。

“不好，难道就不值得被记住吗？”喷嚏瞪着我，认真反驳道，“更何况我喜欢你，是你唤醒了我，我睁开眼看到的第一个人就是你，是你给了我名字，给了我记忆。”

我的心里似开了一扇窗，洒下漫天阳光。我不好意思地笑了，转而说：“我记得你长成的时候，不是欣喜若狂吗？为什么现在不愿给人拍照呢？”

“那时我是想着你能带我四处走走，拍一些风景，在阳光下躺一躺……”喷嚏喃喃道。

“在拍风景上，你不负责完美？”

“是的。模式拨盘上长出的都是人的五官和身体，因此我被限定在这一类别上。当然，能拍出完美风景的相机人，也是有的。”

“等你从喵喵那里回来，我就带着你去旅行。”我笑着保证道，“到时候我们一起，在阳光下躺一躺。”

7

喵喵将相机寄还给我的时候，它的重量几乎轻了一半。从她打给我的国际长途电话中，我得知暑假里喵喵和同事们一起去了泰国旅游。她感慨说喷嚏帮了大忙。她给每个老师都拍出了让他们心仪的照片，只是后来相机出照片的速度越来越慢，相片纸还会卡住。她不知如何处理，只得将喷嚏寄回来。

这已是两个月以后的事了。

我将轻如塑料玩具的相机搁回书架上的绿萝旁，用小拇指敲敲相机镜头，期待多日不见的喷嚏兴奋地从里面奔出来。但我等了很久，也不见喷嚏的身影。我走近几步，将眼睛凑到镜头前，终于看见喷嚏正一步一步地朝我走来。他走得很慢，步子疲惫而拖沓，仿佛是在穿过一条漫长的隧道。

“唐唐，好久不见。”喷嚏推开镜头玻璃。他的小脸发白，声音微弱得让人担心。

“发生什么事了？”一阵恐惧抓住了我。

“我太累了，我被过度使用了。”喷嚏几乎是跌下了镜头，全然失去了曾经的灵巧与活力。他的帽子掉了，两条腿半跪在地上。他费劲地爬起来，站在书架上看着我。这是他第一次离开相机。

“到底怎么回事？”我赶紧伸出右手，让喷嚏爬上我的手掌。

“人类有生老病死，相机人也是。我们不能过度劳累的，”喷嚏满脸疲倦，眼里的光逐渐暗下去，“这次工作超过了我的身体极限。”

我满脸惊愕地盯着喷嚏，喉咙似被硬物堵死，阻挡了所有语言。我看着喷嚏在我的掌心里静静地躺下，注视我的目光里盛满哀愁与不舍。

“你忘记了吗？我们还要一起去旅行，”好半天，我才声音颤抖地说，“我还想通过你的眼睛看世界啊。”

“想都别想，”喷嚏的嘴角挤出一丝微笑，“你要通过自己的眼睛看世界。”

我不知道自己在那里站了多久，直到看见一束阳光照着我摊开的手掌。那套成人拇指般大小的深蓝色制服像是正好遛入了那束阳光下，迫不及待地要躺一躺。

Part 03
现代童话复活节

假的东西却能道出真，看似虚构的人物却能拥有灵魂，活在人们心里。

1

二十年前的一个夜晚，母亲坐在床边给我讲了一个故事。如今想来，我那有些神经质，思维天马行空的母亲多少有点与众不同。

窗外正下着鹅毛大雪，世界白茫茫一片。黑的楼，白的雪，无数扇窗户框出的无数团黄光，都让我兴奋雀跃。雪让一切变得神秘起来。

一个披着红袍，手臂上挎着篮子的女孩走在白雪皑皑的森林里。她的皮肤白似雪，长发黑如炭，嘴唇的颜色仿佛一朵开得正艳的红玫瑰。女孩要去看望住在森林小屋里的心上人。

“什么是心上人？”我打断母亲，好奇地问。

“就是女孩喜欢的人。”

篮子里装着蜂蜜蛋糕，那是女孩的心上人最喜欢的食物。天黑下来，女孩走得又快又急，因为夜晚林中有狼。女孩赶到木屋后，没看到心上人，却见一头狼站在屋子中央。狼警告女孩，必须在半小时内找出她的心上人，不然就吃掉她。女孩微笑了一下，走到狼的面前，伸手在它的下巴处摸到了一条拉链。接着，女孩拉开拉链，狼皮便像一件衣服似的剥落坠地，从里面走出她的心上人。

我问母亲，女孩为什么知道狼就是他。

“哦，女孩的笑容太迷人了。”母亲解释说，“她虽然外表冷傲，但一笑起来，弯弯的眼睛就像月牙，温柔得能融化整个冬天。透过狼凶恶的眼睛，女孩看见它的瞳孔里藏着两颗小小的星星。只有她的心上人看见她笑时，眼睛才会发光，才会像星星一样。所以女孩知道，她的心上人就藏在狼皮之下。”

“哇。”我似懂非懂地感叹道。

“睡吧。”故事讲完后，母亲为我掖好被角，起身关上台灯。

那晚，我的梦里下起了漫天大雪。白茫茫的世界中，有人披着红袍匆匆赶路。狂风大作，红色的风帽掉下来，露出女孩如炭的乌发和雪白的脸蛋。她走近我，如火的嘴唇凑到我耳边，轻声低语：我找到你了。

2

二十六岁那年，我遇见了 Red。

那是一个再平常不过的周一。例会前，经理领着 Red 走进会议室，她是公司新招的程序员。Red 身材高挑、五官惊艳，身穿一件火红的风衣，黑色长发光滑发亮。最令人称奇的是她的肌肤——白如新雪、干净通透，仿佛一粒灰尘掉在上面也是亵渎。

Red 完全夺走了在场男人的注意力，而埋头于笔记本，握着钢笔却一个字也未写，面前搁着一杯咖啡却一口也没喝的我，彻底丢了魂。

Red 沉默寡言，性格孤高冷傲。即使拥有绝美的容颜，她的冷若冰霜也吓退了众多追求者。

但一个丢了魂的人是心无所惧的。在公司里，我主动和 Red 搭话，为她买午餐和夜宵。连续一个月，我邀请Red坐我的车回家，还隔三岔五地给她送红玫瑰。Red 不拒绝，也从未说过“谢谢”。她只是接受了这一切，美艳的脸上毫无表情。

尽管如此，我仍旧迫不及待地向Red表明了心声。那天是冬至，她穿着红色大衣，红色的绒线帽边缘垂下直直的黑发，衬得她雪白的脸蛋和脖颈更加迷人。

在领着 Red 去拉面馆的路上，我向她讲述了柏拉图对爱情的定义：人来到世界上，都是为了寻找另一半，那另一半就是他独一无二的灵魂伴侣。命中注定的人，终究会找到你。我还告诉她自己小时候梦见过的女孩，有着和她一样的穿着和容貌。

“这难道不是一次预兆、一种神启？看到你的那一刻，我就知道，你是我的灵魂伴侣。”我一口气说完，不知何时降落的雪已沾满了我单薄的毛衣外套，而我的身体却烧得像个炉子，一颗心险些跳出胸膛。

Red 看着我，眼睛冷酷如两片玻璃。接着，仿佛石雕复活、竹子开花。她的脸上渐渐浮现出一抹微笑，眼睛弯成两个温柔的月牙。

“星星！”她忽然高声惊呼，开心得像个孩子。

“什么？”我还陶醉在她的笑容里。

“你的眼睛在发光！你眼睛里有星星！”Red 兴奋地说，甚至拍了拍手。

我害羞了，赶紧将目光挪到别处，没想到 Red 的眼睛却追随而来。她认真地问我：“你能做我的男朋友吗？”

我震惊地看向 Red，怀疑自己在做梦。直到我摊开手心，簌簌掉落的雪在我的掌心融化成水，冰冷彻骨的寒意传递至我的皮肤，我才敢相信这是现实世界。

“当然。”我深吸一口气，轻轻地牵起 Red 的手。

3

交往后，Red 像是变了一个人。和所有恋爱中的女人一样，Red 也喜欢撒娇和甜言蜜语。每当我们俩四目相对，她总会不厌其烦地向我确认：“你能保证一直这样看着我吗？你能保证看我时眼里永远有光、有星星吗？”这个时候，我总是将她搂到怀里，在一阵神魂颠倒中喃喃道：“当然，当然。”

一个月后，我搬进了 Red 的家，开始了和她的同居生活。

Red 的家像是集齐了世间所有的白：白的墙，白的地板，白的沙发，白的桌子上白的陶瓷杯，白的窗户外房顶上白的雪。站立屋中，竟觉得有些寒冷。但再冷的天也抵不过热恋中的人，再大的雪也融化不了两颗火热的心，我和Red过得非常开心且幸福。

住进Red家的第一个周日，母亲打来电话。那时母亲刚从任职三十年的幼儿园退休，终于得空撰写和改编她痴迷的童话故事。母亲生性敏感，不喜社交。我能想象她深居简出，昼夜坐在书房里的胡桃木书桌前奋笔疾书，笔下的故事如藤蔓缠绕般扑朔迷离，里面开出的花朵奇诡艳丽一如来自异域。

我告诉母亲自己爱上了一个姑娘，并已经和她住在了一起。

“妈，你能相信吗？”我简单地向母亲描述了Red，又提到了自己曾经做的那个梦，“Red简直就是我的梦中情人。我这么说不是比喻，而是她真的就是从梦里走出来，找到我的人。”

“那么，让她烤个蜂蜜蛋糕给你。”母亲的语调平静肃穆。

“蜂蜜蛋糕？”

“对，你不是最爱吃吗？”语毕，母亲挂断了电话。

Red从不下厨，甚至不会做最简单的番茄炒蛋，更别说烤蛋糕了。自交往以来，我们俩一直靠着餐馆和点外卖解决一日三餐。那天晚上，我试着让Red去附近的菜市场买菜，没想到她立马将一个椭圆形的篮子挎在胳膊上，欢快地出了门。

回家后，Red让我教她做饭。但她的厨艺实在是太差了，哪怕我在旁边按步骤指导，Red也能把青笋炒得黑如煤炭，把豆腐煎得硬如石头，最后一道番茄蛋汤总算看似正常，喝起来却味道古怪，难以下咽。无奈之下，我只好点了外卖。

“我妈还让你烤蜂蜜蛋糕呢。照你这厨艺，看来是不可能的了。”我笑了，夹起一块麻婆豆腐送到Red的碗里。

“蜂蜜蛋糕，好吃吗？”Red问。

“好吃极了，从小到大我都非常喜欢。”

“很难吧？”

“不难，不过就是面粉、鸡蛋、蜂蜜和牛奶而已。”

“教我吧，”Red的眼神恳切，“我一定会为你烤出一个蜂蜜蛋糕。”

“算了吧，你的心意我倒是领了。”我笑道。

“哎，我说真的，我真的非常非常想给你做一个蜂蜜蛋糕。”Red目光炯炯地看着我。

“那好吧。”Red的眼睛好看地弯起来，笑声似春风吹响一串铃铛。我痴痴地望着Red，隔着餐桌握住她的手，“你的笑啊，简直是世界上最甜的糖。”

“你的眼睛，也是最亮的星。”Red反握住我的手。

4

和Red在一起的时光，甜蜜美妙如童话世界。如果没有那封该死的邮件，我们俩将不受打扰地永远幸福下去。

三个月后的一个普通上班日，一封匿名邮件飘进了我的邮箱。邮件里写道：你敢保证你会永远喜欢Red吗？当你某天不再喜欢她的时候，你将付出惨重的代价。

不过是有人觊觎Red的美貌，试图挑拨我们俩的关系。我将它视为垃圾邮件，动动手指删除了。

没想到第二天清晨，另一封匿名邮件又发来了。这次的邮件长得多——

Red并不是你看到的那样，别被她的美貌诱惑和欺骗了。她接近你的目的，是为了收集爱之光。那种光只能在爱情发生的那一刻才能找到，只会从将对方视为灵魂伴侣的人的眼睛里发出。她是否经常让你保证，看她时眼睛里要有光、要有星星？

如果你不信，就去找到那个篮子吧，里面躺着她从你眼中收集到的光。如果你不信，就去挪开Red的穿衣镜吧，打开后面那扇白色窄门，里面装着四万三千六百九十八道光，它们来自两千五百九十七双眼睛。而天花板上那些密密麻麻的星星，是Red曾经的恋人们的灵魂。如果你不想灵魂变成星星，被囚禁在那间房里的话，就快逃，快离开她吧！

我将邮件前前后后读了五遍，放在鼠标上的手指微微颤抖。这是恶作剧吗？如果是，为何对方会知晓只存在于我和Red之间的对话？Red从未向我索要过什么，唯一的要求就是深情热切地注视她。而我几乎从没让她失望过。每次看着Red的眼睛，我都会感到一阵心醉神迷的眩晕。那幸福眩晕的瞬间，是Red在收集我眼里的光吗？

就在那晚，趁着Red洗澡的间隙，我在房间里四处寻找那个有奇妙能力的篮子。仿佛是预料到了我的企图，我找遍了房间里的每一个角落：厨房、阳台、卧室，甚至是鞋柜，也始终不见它的踪影。

浴室里，Red用清亮的声音呼唤我，让我从衣柜里拿浴巾给她。就在打开柜门的一瞬间，我看见 Red 那挂满红色大衣的衣柜角落里赫然立着一个椭圆形状的篮子。

我关掉灯，拉上窗帘，并锁上了门。在一阵怦怦的心跳声中，我探着脑袋向衣柜里张望。篮子里躺着无数片交错叠放的光，闪烁如椭圆形的凝固光河。

5

母亲打开门的时候，看见的是一个失魂落魄的我。那天晚上下着鹅毛大雪，只穿了一件毛衣的我冷得直打哆嗦。直到母亲为我披上毯子，给我沏了一杯热茶，我才发现自己因为太害怕，匆忙离开 Red 家时忘了拿大衣。

敏锐的母亲一眼就看明白了。她坐到我的身旁，问我是因为什么和 Red 吵架。我心乱如麻，不知从何说起，便假装生气地搪塞道："我教过 Red 很多次了，但她至今还是烤不出一个蜂蜜蛋糕来。"

我那与众不同的母亲没说"就为了这个"，而是正经地反问我："你以为烤蜂蜜蛋糕很简单吗？"

"当然简单了。不过就是面粉、鸡蛋、蜂蜜和牛奶而已。"

"是啊，烤一个蜂蜜蛋糕还不简单？食材就是牛奶、鸡蛋、蜂蜜和面粉，但这四样材料在一起，就能称为蛋糕吗？你还得注入热情、专注和爱，那样的蛋糕才会有灵魂。”无论过去多久，母亲的想法都别具一格，“是啊，写一个故事还不简单？但好故事的魅力在于用假的东西道出真，看似虚构的人物却能拥有灵魂，活在人们心里。”母亲忽然陷入沉思，“最近我怎么也想不起曾经改编的一个好故事，难道我真的老糊涂了？你觉得我看上去老吗？”

母亲总是这样，一提到改编童话故事便会滔滔不绝，将其他事情抛之脑后。但此刻我爱极了她的絮絮叨叨，光是看着她发亮的眼睛，听着那些喋喋不休的话，便极大地安抚了我混乱的情绪。

那天晚上，我睡在幼时的小床上，窗外的景色一如二十年前：黑的楼，白的雪。我翻了个身，想起那个装着光的篮子，想起我挪开穿衣镜，走进那间亮如白昼的房间。那里装满了数不清的圆柱形光束，天花板上亮晶晶的星星密密麻麻。

Red 为什么要收集恋人眼中的光？又为什么要把他们的灵魂变成星星呢？我沮丧地承认，哪怕是现在，一想到 Red 有过很多恋人这件事，也让我嫉妒得发狂。

如果 Red 想要我的灵魂，那就拿去吧，她早在我见到她的第一眼就那么做了。

如果 Red 喜欢星星，而我眼里正好有的话，让她一次次摘了去又能怎样？

那个笨拙地学着为我烤蜂蜜蛋糕的姑娘，那个笑起来眼睛弯弯似月牙的姑娘，她可是我的灵魂伴侣啊。

我爬下床，迅速穿好衣服，轻手轻脚地经过母亲亮着灯的书房。

我在毛衣外裹上毯子，毅然走入了漫天风雪中。

6

凌晨两点，当我披着一件落满雪的毛毯出现在客厅里时，Red显得很吃惊。

“像个雪人。”沉默良久后，Red笑了，“你是唯一收到那些邮件后还回来的人。”

“那些邮件是你写的？”我震惊地问。

Red点了点头。

“那个篮子也是你故意放的？”

“嗯。”Red神色平静，仿佛什么事也没发生过，“我给你泡杯茶吧。”

我看着Red将茶叶放入玻璃杯，倒入滚烫的热水，茶叶却始终浮在水面上，怎么也泡不好。

Red说：“就像我泡不开这杯茶一样，我也永远烤不出一个蜂蜜蛋糕。你知道为什么吗？好吃的蛋糕是有灵魂的，一个没有灵魂的人，又怎么能烤出一个有灵魂的蛋糕呢？”

窗外静静地下着雪，似我一般沉默无语。

哪怕是凌晨两点过去，Red依旧美丽如常。白的沙发上穿着白色睡袍的Red，只有一头长发是黑的，两瓣嘴唇是红的。她像极了雪地里的一幅画。

画中的美人看了我一眼，开始向我娓娓道来——

“我无父无母，有关我的出生，我只记得漫天大雪，这也是我如此喜欢白色的原因。我的记忆好像是从一个笑容开始的。当我对恋人笑的时候，能看到他眼睛发出的光，里面还藏着星星。对于没有灵魂的我来说，光是想想那些来自灵魂深处的光芒，便会激动不已。但创作我的人太久没讲我的故事，我想见星星的愿望又如此强烈，强烈到让我走出故事，来到现实世界寻找和收集那些光。

“恋人看你的目光如果足够炽烈、足够久，那些光是能构成一片星河的。但热恋只能维持三个月。之后他们看我时眼里的光就会越来越暗，也越来越少。当收到那些匿名邮件后，光几乎会全部消失。我舍不得那些光芒，便把它们装进了穿衣镜后面的房间里。

“那些星星当然不是他们的灵魂，那只是我编出来吓唬他们的。你曾经告诉我，人们来到这个世界上，是为了寻找另一半，那另一半就是你的灵魂伴侣。世界上有七十多亿人，要找到灵魂伴侣，多难啊。不够勇敢的人，不配得到灵魂伴侣。”

Red 喝了一口没泡开的茶，苦笑道：“你居然把一个没有灵魂的人当成灵魂伴侣，你真傻。”

“你当然有灵魂。”我冷静地反驳道。

“我是从故事里走出来的人，我是一个虚构的人物，我怎么会有灵魂呢？”

“假的东西却能道出真，看似虚构的人物却能拥有灵魂，活在人们心里。”我信誓旦旦地说，“二十年前你就活在我心里了，活在人心里的人怎么会没有灵魂呢？”

“你真傻。”Red 感叹道，眼里有了泪光。

“你才傻呢，你花那么多时间收集的一屋子星光，我只不过花了一秒。看到你的那一刻，所有星星都坠落在地，整个星空就铺设在我眼前。”我走过去，紧紧地抱住 Red，直到她在我的怀中像个漏气的人偶般瘪下去。我看见 Red 美丽的脸变成了一个呆板的平面。她那黑的长发、白的肌肤、红的嘴唇全走了样，仿佛小孩的信手涂鸦。

我忘了自己是如何接通了电话。电话那头，母亲欣喜的声音传来：“还记得二十年前我给你讲的一个好故事吗？太久了，我已记不清全部，便重新编写了结局。你想听听吗？狼见女孩来到森林小屋里，便走到她面前，拉开她下巴处的拉链，发现里面空无一物。”

猎　爱

幸福始终是重要的。

1

深夜，我又一次听到了敲打玻璃的声音。

“砰砰砰”，响三下，停顿一秒，接着再敲，再停，如此循环反复。

沉寂的夜放大了清脆的响声，听上去犹在耳边。

我起身下床。

卧室的窗帘忘了拉，天空像个兜着一口袋光的黑布袋，因太沉而四处绽开了线，缝隙处隐隐透出抚慰人心的亮光。我检查铝合金窗，并伸出手指轻轻敲打，声音更闷更钝，况且这里是三十八楼。我走回床边，将床头壁灯调亮。

“砰砰砰”，声音仍未止息，节奏如常。

昨天半夜我听见了同样的声响，但困意占据上风，敲窗声退回到我的意识深处，成了遥远的背景音。那是我离职后的第一天。

是男朋友唐珂让我辞职的。

“你别工作了。”那天，坐在驾驶座的唐珂忽然伸出右手，握过我的手掌，语调温柔却坚决。

我面露错愕，一时没反应过来。

“我会在市郊全款买一套套三的现房，特意选的顶楼，上面为你做一个玻璃花房。你不是喜欢养花吗？”他的手指扣住了我的，“每月生活费我会定期给你。”

“能给到和我工资一样多？”我扭头看向他，开玩笑道。

“不能，”他莞尔一笑，“但能给到现在工资的 1.5 倍。”

绿灯亮起，汽车稳稳地停住。唐珂放开我的手，从米色西服裤袋里掏出一个盒子。他打开那个漂亮的蓝色丝绒盒，将它举到我面前。我看见鼓鼓的绒垫里嵌着一枚戒指。

“黄然然，嫁给我吧。”唐珂微笑着说。

“哎，太贵重了。”戒指上的三粒钻石闪耀出夺目的光芒，我既诧异又惊喜，好半天才憋出这句没头没脑的话。

“远不及你的幸福贵重。”唐珂的眼睛定定地注视着我，“我能给你戒指，但我更想给你幸福。”

他的眼睛在夏日阳光下呈现出奇特的焦糖色，目光像蘸满蜂蜜的糖浆，浓而黏稠，令人目眩神迷。我险些跌进去，成为一枚被爱之蜜糖凝固的琥珀。我赶紧别过脸，看向挡风玻璃外。远处湛蓝天空下浮着大朵通透澄净的白云，阳光平铺在干净笔直的道路上，似给它镀上了一层金色薄膜。唐珂给我的爱远比我想象的还要多，一切都美好得如置身童话中。

声音和灯光都没能让唐珂醒来，我不得不用力摇醒他。

“怎么起床了？”他坐起身子瞧着我，一双大眼睛亮晶晶。

“有人敲窗户。”我看着他，惊讶他在黑夜中闪现如此光芒和神采的眼睛。

“敲窗户？”他皱起眉头，“就在这个房间？”

我默然点头。

唐珂静静地听了一会儿，坦然道：“我没听见敲窗声。”

的确，敲窗声不知什么时候消失了。

“睡吧。”他重新躺下，拉过被子。

我应一声“嗯”，关掉壁灯，躺回唐珂身边。

“砰砰砰”，不出一分钟，敲窗声再次响起，仿佛它刚才只是屏住了呼吸。我在黑暗中静静地聆听那细微却坚定的声响，越发觉得它好像只为我而来，只打算让我听见。

不知过去多久，我在这渐渐不辨声源的敲打声中合上了眼皮。

2

我从未想过，婚姻会如此闪电般地降临在自己身上。从认识唐珂到答应他的求婚，只用了短短三个月的时间。

在由介绍人姐姐安排的午餐上，我第一次见到了唐珂。他的身材高壮如一头棕熊，蓬乱茂盛的头发让人想起狮鬃，同我打招呼的声音也太过低沉粗犷。但他那双引人注目的大眼睛洗掉了他身上的野蛮气息，它们澄净明亮，像泛着光的湖泊。整个用餐过程，他显得谦和有礼，不失教养。

“然然在广告公司工作，经常加班，忙得忘了谈恋爱。”姐姐笑着解释说。

我露出不置一词的社交式微笑，低头用筷子拨弄着碗里的鱼丸。

“黄小姐应该是追求精神独立与自由的女性。”唐珂道。

“倒也不是，”我抬头对他报之一笑，“幸福对一个女人始终是重要的。”

“事实上，对一个男人也是。”

我看见他那大大的眼睛里跳动着两束炙热的火苗。

谁都看得出唐珂对我的好感和殷勤。从第一次见面后，唐珂巨石般的身影总会出现在我的公司楼下。不管我加班到多晚，他都坚持等我，并开车送我回家。他给我鲜花、电影票、燕窝、美容券，有一次甚至是一只幼猫，他那宽大的双手像一个魔法盒，总能变出让我惊喜的花样。

或许唐珂长相粗野、体形笨重，但他的身姿笔直如一块碑，着装也总是一丝不苟。他沉默时端庄肃穆，开口后却又奇异地显得文质彬彬。他从未对我失礼过。

“难道你没有烦恼吗？为什么每次见你，都觉得你的状态接近完美呢？”那阵子我淹没在高强度的工作中，自然惊讶于唐珂仿佛游离于现实之外的良好状态。

“可能是因为我衣食无忧吧。”他大方地说，并毫不顾忌地告诉我，父母为他积累了不少财产，不用疲于赚钱。

一个月后，唐珂提出做我的男朋友，三个月后，他便上演了车里的那场求婚。

3

魏胜男打来电话的时候，我正在用吸尘器为沙发前那块猩红色的地毯吸尘。

“打算什么时候结婚？”她像往常一样单刀直入，没有称呼，没有寒暄。

“下个月。”哪怕离开了公司，听到她的声音我还是会条件反射地感到紧张。

“真的考虑好了？”

我沉默片刻，应道：“嗯。”

她毫不客气地从喉咙深处发出一阵嘲笑，声音尖锐刺耳。魏胜男准是听出了我语气里的犹疑。对于一个被推到婚姻前的女人，她只能叩击所谓的幸福之门，用相信它代替质疑它。我没料到，这些天盘旋在自己脑海中的这一想法竟如此站不住脚。

“今晚八点，公司附近的HJ咖啡馆，见个面。”魏胜男断然道。

我咬紧了嘴唇，几乎快要恨起她来。

“再过两个月，就到了给员工升职提薪的时候。知道这次你成为品牌总监的概率有多大吗？”她顿了顿，郑重其事地说，“百分之百。”

我静静地闭上眼睛，真切感受到了自己那颗狂跳的心脏，但我抵住了诱惑。“不！”这个字撬开我的嘴唇，用力奔跑而出。

“然然，”她开始亲切地称呼我的名字，语气变得轻柔，“你能接受每天做饭、打扫和洗衣服？能接受在他出门上班前替他整理衣领，回家后将他的皮鞋摆好？把大部分时间用于做家务事就是和魔鬼打交道，把重心放在男人身上就是自掘坟墓。”

“我能发展自己的爱好啊，”我辩解道，“我会养花，他在顶楼为我搭建了一个玻璃花房。”

“玻璃花房？”她有些惊讶，随即笑了，“亲爱的，你才是即将被关进房间里的花。”

“你什么意思？”

“等他睡熟后，翻开他的眼皮，仔细看看吧。”魏胜男以稳操胜券的语气对我说，“相信我，我了解你目前的心境。危急关头，只有女人帮助女人。”

我默然无语。

“八点，HJ 咖啡馆。”对方说完挂断电话。

那晚我没有去赴约。九点的时候，我收到了魏胜男的微信。她在里面写道：“总监的职位我会为你保留一个月。”

我愣了一秒，随即删除了她的微信。

4

最初，我对辞掉工作后的生活有些无所适从。脱离了之前紧锣密鼓的选题讨论、方案策划，一天三次的会议，我的身体似乎被倒空了，内心有失衡后的错愕和急欲填满的慌张。

我给前公司几个关系不错的同事打去电话，约她们喝下午茶或者吃晚餐，但她们无一不忙得焦头烂额，且在挂断电话前发出羡慕的感叹。

“好好做你的富婆啊，加班狗要去搬砖了。”“你怀念上班的日子？我觉得你是在炫耀。”“每天睡十个小时？有被冒犯到。”大概是这类话。

我在心里摇头叹息，渐渐不再打去电话。

我把大部分时间都花在楼顶的玻璃房里，悉心照料那些娇艳美丽的花朵。尽管如此，每天剩下的时间还是太多，一如唐珂给我的零花钱。我开始在网上学习日本主妇的收纳法，搜索食谱研究菜品，练习熨烫衬衫的六个步骤。我尽力不去想魏胜男提供的职位，也渐渐习惯了夜晚的敲窗声。我悉心照料唐珂的生活，替他擦亮皮鞋，在他出门上班前为他调正衣领。

我必须做点什么来填充生活。

唐珂对我深情依旧，上班以外的时间几乎都陪着我。在每个对坐在餐桌边享受晚餐的夜晚，我能感受到他看我时眼里闪光的柔情。他的话不多，但总是心情愉快，因为微笑已经刻印在了他的嘴角边。

“我的食量和我的块头一样大。”每次吃饭前，他都会对着满桌子的菜微微一笑，接着对我投来抱歉却充满爱意的一瞥，“亲爱的，辛苦了。”

那一刻我总是全身酥软，心里涌起绵绵的幸福。

一天下午，我在玻璃花房里为我的玫瑰花浇水，右手食指被一根刺扎破了，鲜血直流。我把手指伸到嘴边吮吸，心里抱怨着有伤口会不方便为唐珂做晚餐。当我将手指伸到眼前，看见被刺破的地方重新涌出殷红的血滴时，我猛然意识到，自己的思考方向总是第一时间指向唐珂。这种情况是什么时候开始的?

我走到花园餐桌前坐下，抬头眺望玻璃房外的蓝天。这个每天为未婚夫操心晚餐的人和立志进入世界五百强公司管理层的人是同一个人？我是何时切换轨道，奔向了一条截然不同的路，并接受得心甘情愿？或许我本性中就带有不易觉察的胆怯与懦弱?

那晚我辗转难眠，便从床上坐起，将壁灯光线调到最小。像往常一样，敲窗声仍未止息，唐珂也并没有被吵醒。我注视了一会儿唐珂的眼睛，接着伸手翻开了他的眼皮。

他的眼皮底下没有眼珠和眼白，唯有两片拇指指甲大小的透明玻璃窗。铮亮的玻璃微微震颤，持续发出“砰砰砰”的声响。我的手指似被烫了一下，身体惊恐地向后缩去。没想到敲窗声愈发急促响亮，仿佛唯恐我离开。

我怔怔地注视着唐珂，看他那被玻璃片替代的眼睛。好奇心最终促使我凑近了玻璃窗。我看见窗内有两个小小的白花花的拳头，击鼓般交替捶打着玻璃窗。我伸出手指，用力将玻璃窗拨到一边。

敲窗声猝然停止。

我屏住呼吸，静静地等着。

几秒钟后，我惊讶地看见有什么东西飞出了窗户。那是一缕约十厘米长的金色头发。头发细软垂顺，似一尾挂在窗边的闪着金光的瀑布。我的指尖触碰到头发的瞬间，自己已经四肢伏地地趴在了上面。

“往上爬。”我听见了一个惊喜的女声。

我抓紧那如丝般柔顺的长发一直爬到了窗沿，接着翻身跳进窗里。

5

我发现自己置身于一个奇妙的圆形房间里。房间布置奢华，高高的天花板上垂挂着枝形吊灯，墙上装饰着异国壁画，奢华贵气的蓝色天鹅绒沙发沿墙摆放了一圈。一个女人站在窗边，正小心地收进刚刚垂下窗户的金发。她很快转身看向我，苍白的脸上露出一丝微笑。女人身材高挑，面容姣好，又长又直的金发垂到了脚踝处。那头发明显染过，染得相当漂亮。

“终于等到你了，”她舒了一口气，请我在天鹅绒沙发上坐下，“每晚我都在敲窗对你发求救信号。”

“求救信号？”

“嗯，”她点点头，“实际上，救人就是救自己。”

我越发不解地盯着她。

“我叫白蔚，是唐珂的妻子，具体是第几任不清楚。”她自嘲地笑了，“你有听说过猎爱人吗？”

我惶惑地摇摇头，身体似陡然掉入了冰窟。

“吸血鬼总听过？”

“吸血鬼倒是听过。”

“打个简单的比方，猎爱人就好比是爱情中的吸血鬼。就像吸血鬼需要新鲜的血液才能生存一样，猎爱人猎取人类的爱情。他们以爱情为养料，满足自身需求。”她看着惊恐的我，宣布道，“没错，你成了唐珂的目标。”

白蔚说完起身，拉开面前小几的抽屉，从里面掏出了一个蓝色丝绒盒。她打开盒子，把里面镶有三粒钻石的戒指拿给我看。

“你也收到了吧？”她深深地叹了口气，“唐珂深谙女性的心理，他有钱，有绅士风度，又温柔得要命。哪个女人能承受得住？当你彻底爱上他，不质疑一丝一毫后，就会掉入他的眼睛，被囚禁在这里，再也出不去。”

见我久久不说话，她便重新坐回我身边，安慰似的问我：“你叫什么名字？”

“黄然然。”我机械地应道。

“不知有多少次，我透过他的眼睛向外观看，期望有个女人会对他的爱产生怀疑。只要她质疑和动摇，还保存着哪怕一点自我意识，我就有救，”她面露惊喜，“黄然然，那个人就是你。”

“我并没有质疑。”我咬牙道，一颗心疼得缩紧了。

“如果你没有质疑，就不可能听得见敲窗声。”白蔚定定地看着我，“一个失去自我的女人，已经和失踪人口没两样了。你想想，自己有多久没上班，多久没和除唐珂以外的人在一起，多久没有自己的生活了？”

我哑然无语。随后，我无法抑制地将自己内心深处的焦虑倾吐而出。我告诉白蔚自己在广告公司没日没夜地打拼了八年，三次都在升职提薪的当口与期望的职位失之交臂。正在这时候，唐珂出现了。我快速地答应他的求婚，或许只是想通过婚姻逃避工作上的瓶颈。我是个懦弱的女人。

“不，”白蔚拉过我的手，“你是我们的希望之光。”

“有多少人关在这里？”

“不知道，”她摇头道，“我只知道唐珂的眼睛里有一座高塔，每层都会关着女人。”

“你想要我做什么？”

“去你的玻璃花房里，摘两朵刺最多、花枝最长的玫瑰，不要剪掉叶子。等唐珂睡熟后，像之前那样翻开他的眼皮，将玫瑰花枝刺入他的眼睛里，你插得越深，救出的女人就会越多。插到底的时候，你再握住花朵用力往外拉。”

我思索片刻，点头答应了她。

白蔚再次将长发抛出窗户，让我沿着她倾泻而下的头发爬下去。我翻出窗户，双手攀住她的头发慢慢地往下移。脚落地的那一刻，我恢复到了原来的尺寸大小。

6

第二天，我照白蔚说的那样，去玻璃花房里摘了两朵玫瑰花。我把玫瑰藏进卧室的衣柜里，等唐珂睡熟后便起身开灯，取出玫瑰，翻开他的眼皮。

我推开唐珂眼里的玻璃窗，小心地将玫瑰花枝插进去，一直插到底。当看见唐珂眼睛里只剩两朵鲜红漂亮的玫瑰花时，我忍不住大哭起来。那对如湖泊般清透澄净的眼睛怎么会是迷惑女人的网？那里面盛满的柔情蜜意怎么能是猎食者的武器？这一刻我才知道，我远比自己想象的还要爱他。我哭了一会儿，接着擦干眼泪，两手握住花朵，用力将花枝拔出来。

攀附在玫瑰叶上的小人儿像跳伞员一般接连跳到地上。她们的脚刚触到地板，就变成了一个个身材颀长、五官秀丽的女人。她们或是靠墙而立，或是围绕在床边，发出惊喜的雀跃声。卧室里一下子变得拥挤起来。我在心里数了数，一共有二十三个女人。

“黄然然，谢谢你！”落在我身旁的白蔚用力地抱住我，兴奋道，“和我们一起走吧。”

“他会怎么样？”我松开她，望了一眼躺在床上的唐珂。

“不知道。”白蔚用力地摇摇头，“从猎爱人手里逃走已属万幸，没有人想知道他接下来会怎么样。”

“我想知道。”我镇定地说。

“你疯了！”她瞪大眼睛，尖叫了一声。

“你不是说他必须以爱为养料吗？”我静静地说，“我只要给他足够的爱不就行了？”

“斯德哥尔摩综合征？”白蔚皱紧眉头。

“不，我并没有被他囚禁起来，被他囚禁起来的是你们。”

白蔚悲哀地看了我一眼，和其余二十二个女人一起离开了。

我合上唐珂的眼皮，重新躺回他的身边。

7

唐珂病倒了。

仅仅一个晚上，他那魁梧壮硕的身体仿佛缩小了一圈。他面容疲惫，眼眶深深地凹陷进去，眼神也失去了往日的神采。他甚至没有力气从床上撑起身体。他拒绝了我为他精心烹饪的晚餐，也拒绝和我说话。他做得最多的，就是指着门，示意我离开，接着便一声不响地在床上躺几个钟头。他的身影像一块倒下的石碑，又像一只默默疗伤的野兽。他从未如此疏远过我。

晚上十点左右，我听到唐珂低沉粗犷的声音传来。尽管他的声音虚弱，但隐隐带着一丝兴奋。

“我是猎爱人，需要很多很多的爱。”他伸出手，像很多次那样扣住我的手指，“我讨厌自己以爱为食的身份。”

“没关系，我能给你。”我紧紧地抓住他无力的大手，唯恐它从我手里滑落。

“不行，我的食量很大。”他摇摇头，嘴角挤出苦涩的笑，“你已经给了我很多爱了。幸福是囚笼，我必须把她们关进去。第一次，我觉得幸福也可以在外面。”

为了避免哭出来，我几乎快要把嘴唇咬破。

“我看出来了，你喜欢你的工作。当你告诉我你夜晚听到敲窗声时，我就知道了。你想工作，那就去吧。黄小姐应该是追求精神独立与自由的女性。”

“幸福始终是重要的。”最终我还是没能忍住眼泪，“和你在一起的日子很幸福。”

“走吧，我不想再看见你。”他抽出手，低声道。

我略作迟疑，他便大声咆哮催赶，我不得不离开了家。

8

敲开魏胜男家的门后，我几乎是跌了进去。

我迫切地想向这位主张女性独立、工作至上的副总经理澄明一切。我想要告诉她，她对爱的理解是多么狭隘和偏执，多么缺乏想象力。但当我看见她吃惊的眼神和门口的男士皮鞋后，所有的话语都堵在了我的喉咙口。我意识到自己来得不是时候。

“想回来上班了？”她再三坚持让我进屋，难得的显得有些开心。

我略微沉吟，随后开口道：“有些事情想要跟你讲。”

“明天吧，明天。”她用手拍拍我的肩膀，换上不许拒绝的语气，“你看上去太累了，今晚就睡我卧室隔壁的房间好了。我这就去给你铺床。”

我只能点头从命。

在床上翻来覆去了近两个钟头，我仍旧睡不着。我索性爬起床，穿好衣服，决定回家看唐珂。我小心翼翼地关上卧室门，轻声穿过走廊，来到客厅。

客厅一角的立式台灯亮着。灯旁的单人沙发里坐着一个清秀俊朗的年轻人。他穿着一套灰色睡衣，拧紧双眉，眼睛盯着面前的一点。那里当然什么也没有，他只是在思考着什么。

看到我后，年轻人立马从沙发上站了起来。他急切地向我求证道：“抱歉，想问一下，刚刚你有听到敲窗声吗？”

我睁大眼睛盯着他，不能开口也无法挪步。我凝固在那里，试着想象自己的身体和意识掉入一枚琥珀之中。

动物审判

两只企鹅将我带到了被告席上。

1

站在公交车上的时候，我的右腿肚被蜗牛咬了一口。被蜗牛咬的感觉很独特，像小孩拿水彩笔轻轻地在皮肤上点了一下，微微酥痒，让人想笑出声。

天知道这只蜗牛是怎么出现在公交车里的。我好奇地低下头，抬起右脚用力甩了甩，谁知蜗牛竟纹丝不动。

我正要伸手扯掉蜗牛时，女朋友打来了电话。她告诉我今天加班会推迟回家的时间，晚点吃饭也无妨。我说没问题，留一份晚餐给她就是。挂断电话时恰逢公交到站，我匆匆下车，心里想着晚餐的食材，全然把蜗牛的事抛到了脑后。

一到家我便走进厨房，忙着把排骨放进锅里焯水，将土豆切块，备好生姜、辣椒和葱。半小时后，炉子上炖着的土豆烧排骨开始散发出诱人的香味。我关掉煤气，取下围裙洗手，终于想起了蜗牛。

不出所料，它还粘在我的腿肚上。

我笑叹了口气，躬身将手伸向它。当我的手指刚触到蜗牛坚硬的外壳时，一股倦意突如其来地席卷全身。我倒在地板上，跌进漫无边际的睡眠海洋中。

2

醒来后，我坐在自家客厅的一把椅子里，反扣在背后的双手上多了一副亮晶晶的手铐。我蓦地抬起头，发现两只企鹅一左一右地伫立在椅子两边。

“犯人醒了。”其中一只企鹅扭着脖子，将脑袋伸到我眼前，飞快地瞅了我一眼。

我看着眼前的企鹅，惊讶得说不出话。两只企鹅都穿着一身制服，不，应该说是半身制服，因为它俩压根儿就没穿裤子。滑稽的是，半身制服和它们身体的颜色极为搭配：正面和衣领均为白色，手臂和背部则为黑色。企鹅的头顶上还戴着白色的军帽，一只戴一顶女士军帽，另一只戴一顶男士军帽。

“上面已经立案了，我们必须快点把他带到法庭接受审判。”雌性企鹅语带骄傲，看来属于习惯指使人的那类性格，“去冰箱看看有没有冰冻过的饮料，我们喝完就走。”

两只本该属于南极的企鹅莫名其妙地出现在我家，还擅做主张地想喝我家冰箱里的饮料，这是什么世道？难不成地球开始由东向西旋转了？我的无名火搭乘电梯般“噌噌”直往上冒，无奈手被铐着，好半天只能从喉咙里咕哝出一句：“请等一下。”

企鹅同时转过头，两对绿豆般的小眼睛不解地盯着我，脸上挂着一副无辜的表情。

无辜的明明是我。我在心里苦笑一声。

“等不了。再过两个钟头，审判就要开始了。”雌性企鹅催促道，“小能，还愣着干什么！去看冰箱里有没有可乐。”

“是，亲爱的。”叫小能的企鹅转过身，摇摇摆摆地朝厨房走去。

“这到底是怎么回事？谁要审判我？我做错了什么？”我连珠炮似的咆哮出这些问题，简直莫名其妙。

“小能之前和我吵架时也喜欢大呼小叫，”雌性企鹅双手叉腰，皱眉道，“男人都这样吗？总是做错事后还不知道自己做错了什么？”

“你们不是住在南极？怎么来到内陆的？”见她生气，我话锋一转，轻声问道。

“我想问问你，”雌性企鹅从鼻子里冷哼一声，开始慢慢地围着我转圈。那架势，那神气的样子，简直和一位名师打量从头到脚都挂着错误价值观的学生没两样，“人类没尾巴，也能入海；没翅膀，也能飞翔。生存环境和自身条件是固定的，但不是僵死的，对不对？”

我赶紧点头。

“我们企鹅也和人类一样，能充分发挥主观能动性。既然不能改变外在环境，我们就想办法适应环境。再说了，如今的冷链技术那么发达，生鱼片都能空运呢，我们还愁不能来内陆？”她开心地胡说八道的样子，简直和我女朋友一模一样。

谈到这时，小能扭着屁股一摇一摆地走了过来，双手端着的托盘里放着三杯可乐。我家冰箱里的可乐！他将托盘放在地板上，拿起一杯正要递给雌性企鹅时，她忽然开口说：“等等。”

小能停止手中的动作，抬头看向她。

“你不知道我今天不舒服，不能喝冰的？”雌性企鹅怒目圆瞪。

“你没说啊。”小能挺委屈。

“我说了今天早晨肚子有点痛，应该忌生冷。”

“我错了。”小能立马哭丧着脸。

“你哪里错了？”雌性企鹅恶声恶气地追问。

“不知道。只知道你说我有错的时候，我承认就对了。”

“算你识相，”雌性企鹅很满意，“把可乐端过来，喝了赶紧出发吧。”

虽然说自己不能喝冰的，但最后她还是喝光了一整杯可乐，我也被小能灌下了大半杯。后来我才知道，他在我的可乐里下了迷药。当我失去意识再次醒来后，已经身在法庭。

两只企鹅将我带到了被告席上。

3

这个法庭简直是一个动物园。

旁听者的席位上坐着猴子、丹顶鹤、松鼠、梅花鹿、浣熊、树懒等等。一只长颈鹿的头都快触到天花板了。一个袋鼠妈妈正在织毛线，口袋里还探出了袋鼠宝宝的脑袋。标着陪审员牌子的四张桌子上，分别站着鸡、鸭、兔和鹅。他们不是滴溜溜地转着小眼睛，就是前后左右晃荡着脑袋。

主审法官是一只猪，这让我无论如何也接受不了。可那只肥头大耳的猪头上确确实实戴着一顶白色假发，面前也正儿八经地放着一把木槌。定睛细看，猪法官的肩上还立着一只鹦鹉。

我正纳闷没见到原告，就看见一只猫和一只狗搬来了一把凳子，接着把它搁在原告席的桌子上，又将一只蜗牛放到了凳子上面。

蜗牛？难道是出现在公交车里粘在我小腿肚上的那只蜗牛？我在心里想。

被告席正对着的墙上。

我这才猛然发现，法庭里的动物一直静默无语。动物们既没有大声喧哗，也绝不交头接耳。他们个个肃穆庄重得一如博物馆前的雕像。不管怎样，动物们忽然有了角色和头衔。光是这点，就让我的好奇多于紧张与担心。

一只猪能拿我怎么样？

法庭里的挂钟刚敲完十一下，猪法官便用一种异常浑厚低沉的声音宣布道：“审判开始。”

紧接着，押送我的两只企鹅不知从哪儿冒了出来。他俩快步走到我面前，小能撕开一张胶带，雌性企鹅将其接过，立马用它封住我的嘴。两位的动作麻利迅速，让人完全不能将他们和笨拙的企鹅画上等号。我一时有些惊慌失措，不明白他们的所作所为意味着什么。

猪法官继续开口说："天有天道，人有人道，动物有动物之道。根据动物王国法律的规定，人类被告只被允许在审判结果出来以后进行发言或者申辩。"

真是荒谬！我立马辩驳，高喊"法律面前人人平等"，但声音出不来，完全被嘴上的封口胶闷住了。

"现在正式开庭！"猪法官举起木槌，用力砸了一下桌面，"请原告发言。"

法庭内静极了，大家都屏息凝气，等着蜗牛开口说话。

一分钟过去了，蜗牛没吐出一个字。

五分钟后，蜗牛只是伸缩了一下触角。

十分钟后，旁听席上终于有动物忍不住喊道："给他一个扩音喇叭。"

全场"噢"的一声恍然大悟。

"给原告一个喇叭。"猪法官命令道。

喇叭搬来了，蜗牛的声音总算通过喇叭传了出来。

"我控告，被告在厨房里炖排骨。"

蜗牛刚说完，所有人的目光都不约而同地投到猪法官身上。猪法官的脸瞬间变成了猪肝色。

4

陪审团里的公鸡最先表态。他扑腾了几下翅膀，从桌上滑落到地板中央。只见他扯着嗓子，义愤填膺道：“我要说的是，猪排骨作为猪身上不可或缺的一部分，该待的地方不是锅子里。被告既侵犯了某只猪的权利，也侵犯了猪这个物种的权利。在我看来，被告犯下的罪行十足可耻，骇人听闻！”

公鸡有些激动，鸡冠和羽毛抖个不停。

听闻此言，旁听席上的动物们频频点头，凶狠的目光犹如一支支利箭射向我。我瞪大眼睛，不停地扭着身子表示反抗。

另一位陪审员——一只白兔子从桌上一跃而下，她举起前掌对公鸡做了一个手势，公鸡便重新跳回桌上，密切关注着眼前的局势。

“你不用说什么。”白兔子整个上半身都立了起来，朝我摆了摆手。

这只白兔子长得非常漂亮，白色的毛发细密而柔软，红眼睛通透而迷人。我停止反抗，认真注视着她。

“被告作为人类的一员，对兔族犯下的罪过可谓由来已久，可以说如同中华上下五千年的历史一样源远流长。早在狩猎时期，就已经对我的祖先野兔进行了惨无人道的杀缪；如今，现代社会又开始吃烤兔肉，甚至兔头、兔腰。做出这种令人发指的行为，该天诛地灭。”

白兔子的声音有些颤抖，悲怆的言辞引起了在场动物的强烈反应和情绪起伏。

“兔子那么可爱,怎么忍心吃啊?”袋鼠妈妈说完停止织毛线，抹了下掉落在腮边的眼泪。有几名旁听者甚至开始向我扔石子儿，但被白兔子及时制止了。

“被告的罪行应该由法院判决，其他任何动物都不能插手。”白兔子表态道。

而后，鸭子和鹅相继控诉了我对鸭肉和鹅肉这一整体部位的侵犯，以及对鸭脖和鹅肝这一局部部位的侵犯。他俩都极力劝说猪法官，建议对被告进行不留情面的惩处。

我哭笑不得。现场热闹起来，动物们七嘴八舌，进入激烈讨论的阶段。

5

“大家请听我说。”猪法官敲了几下木槌示意安静，“虽说法律需要的是理性，但也需要适当的感性来制衡。这里，我想代表个人，对被告说几句话。”

现场的喧闹瞬间如洪水一般退去。

“上次我听说，有个患高血压的男人在餐桌旁吃猪蹄时，盘子里的两只猪蹄忽然飞起来，快速地向男人脸上踢去。猪蹄的脚法相当厉害，可以和一个叫李小龙的功夫大师媲美。”说到这里，猪法官咳了一声，盯住我的眼睛，“其实我们猪族一点也不笨，常常读书，也研究老子的哲学。从老子那里，我们学到了‘大智若愚’。”

场上有几个动物带头鼓掌。

猪法官挥了挥手，接着说：“我还听说，有个患肥胖症的男孩吃鸡翅的时候，鸡翅用翅膀尖插进了他的鼻孔里。”

猪法官顿了顿，看着我说：“不久的将来，更多的动物会做出这种行为的。我希望能引起被告的重视。”

一只猪在威胁我。我心想。

“现在，请陪审团成员宣布审判结果。”猪法官冷不防地宣布道。

“有罪。”公鸡首先说。

“有罪。”白兔子附议道。

“有罪。”鸭子说。

“有罪。”鹅道。

猪法官扫视了一下整个法庭，最后把目光落在被拷住双手，封住嘴巴的我身上。

“现在我宣布，”那只猪站了起来，举起了木槌，“被告被判——”

猪法官被打断了。

站在他肩上的鹦鹉凑到他耳朵边：“刚刚得到的资料显示，被告是一名素食主义者。”

“严格的？”猪法官皱了皱眉头。

“严格的。”鹦鹉说。

“撕开被告嘴上的胶带，快！”猪法官急忙下达命令。

雌性企鹅和小能再次出现，手忙脚乱地替我撕掉封口胶。

“我是一名素食主义者。”胶带刚离开我的嘴，我便大声申辩道。

“我已经知道了。”猪法官朝我摆摆手，“别生气。”

“我当然生气！还有没有王法？”我气得脸都涨红了。

“既然你是严格的素食主义者,那干吗要炖排骨？”小能问我。

“那是为我女朋友炖的，她最喜欢吃土豆烧排骨。”

全场发出理解的“哦”的一声。

“法官，事关爱情，你要如何审判？”雌性企鹅将目光投到猪法官脸上。

在场的所有动物都将目光投到猪法官脸上。

“这……”猪法官面露难色，“没有人能审判爱情，也没有法律能审判爱情。爱情不讲道理。”他伸手擦了擦额头上的汗，看向我说，“你说怎么办？”

“你是主审法官，你说怎么办？”我反问。

“闭上眼睛，想想风吧。或者试着想象自己成为了一片云、一块石头、一棵树。”猪法官说。

这猪还挺有文艺细胞。我觉得好笑，怒气莫名消掉了一大半。

“那要不要做做瑜伽？”猪法官温和地接着建议，“瑜伽是平复心情的好办法，我太太生气的时候老做这个，非常管用。”

我能说什么呢？权当看了一场喜剧，自己还不凑巧地成为了里面的一名喜剧演员。

“我宣布，被告无罪释放，审判结束！”猪法官最后敲下了木槌。他和肩上的鹦鹉嘀咕了一阵，然后离开审判席，径直走向我。他握住我的手，眉飞色舞地说：“恭喜你。”

我彻底糊涂了。

“为了表示补偿，我们将挑选出两位优秀动物，也就是一只猫和一条狗送给你，他们将和你一起回家。”猪法官告诉我。

“我要猫和狗干什么？”我不解地问。

“狗能守门，是防盗的天然保镖，还能替你递拖鞋、挎篮子，是生活中的好帮手，更能缓解人类的孤独，逗人开心。而猫，天生一副好身材，一张好相貌，你无聊时能把她放在膝盖上把玩，可以说是最优雅最漂亮的消遣对象。他们都能成为人类的宠物。”猪法官说。

我抱着试一试的心态答应了。

一如猪法官所说，狗的忠诚可爱和猫的迷人优雅很快便俘获了我和女朋友的心。直到现在我也认为，这就是猫和狗最先成为人类宠物的原因。

告别斑马

如果不感受到难受，你怎么能知道自己珍惜？

1

清晨六点，一匹斑马伫立在红绿灯前。绿灯还未亮起，他已气定神闲地迈步，走上了斑马线。

我站在斑马线的另一端，看着斑马朝我走来。

整座城市还在酣睡，店铺还没开门，街道空旷如还未奏响音乐的钢琴键盘。斑马脚下“嗒嗒”的马蹄声乘着清晨的露珠，成了开启城市声音的序曲。

斑马的眼睛紧盯着我，唯恐我从他的视线里消失。

我怎么会消失呢？如果是一只老虎从街对面朝我奔来，我准会转身就跑。可这是一匹穿着漂亮黑白外套，形态十足优雅的斑马啊。我甚至愿意跟他分享手中的肉松面包和黑咖啡。

“你从哪儿来？”斑马在我面前停下时，我亲切地问道。

“一扇大窗户里。”他将长脖子凑过来，“在街对面时，我就感觉你在注视我。你果然能看见我。”斑马的语调清脆响亮，是在操场上奔跑呐喊、挥洒汗水的少年的声线。

“我叫顾小涵，你呢？”我笑了，伸出手想摸摸他的脖子，转念一想，遂又作罢。

“路比。”没想到他主动拿脖子蹭了蹭我的手掌。他的皮肤又滑又软，像质地细腻的棉毯。

“还没吃早餐吧，先喝点热的？”我打开杯盖，将热气腾腾的黑咖啡递到他跟前。

路比往杯里望了一眼，摇着头问我：“这水污染过吗？黑的。”他又凑近杯口闻了闻，感叹一声，“奇怪，还挺香。”

路比怎么也习惯不了黑咖啡的味道，肉松面包倒是挺对他的胃口。他津津有味地吃完半个肉松面包，直截了当地对我道：“我想请你帮一个忙。”

“嗯，我知道。”我平静地说。

路比惊讶地望着我，两颗大大的黑眼珠一动不动。

2

十岁那年冬天，我发现了自己与众不同的能力。我能听懂动物说话，读懂他们的肢体语言。

立冬那天，妈妈为馒头穿上毛衣和小鞋子后，馒头仿佛得了抑郁症。活泼好动的他不再在妈妈打开大门后迫不及待地奔出去，也不再和家里人嬉闹玩耍。妈妈在他盘子里放上肉骨头时，他也只是懒懒地瞟一眼。馒头拒绝出门，只是趴在房间一角兀自呜咽。在我听来，那无外乎伤心流泪。

妈妈以为馒头病了，带他看过三名兽医，诊断结果无一例外都是馒头未患病。在妈妈第四次带着馒头回家，疲惫又失落地将他放在沙发上时，在客厅里看动画片的我忽然听到一连串狗吠。

“我身体没病，我需要的是一个心理医生。”

狗吠声像在空气中完成了自动转码，成了我再为熟悉不过的语言。我转过身，惊愕地望着馒头。

“刚才是你在和我说话？”我俯下身，压低声音问他。

“是我，”馒头靠近我，兴奋地喊道，“居然遇到一个能听懂我语言的人类了，这种人可是万里挑一呀！”这些天，他第一次在沙发上翻身打了好几个滚儿。

“那你能告诉我，最近食欲不振、心情低落的原因是什么？”我问馒头。

他在沙发上重新坐好，叹了口气：“因为我这身打扮。”

我打量了一番馒头身上那件漂亮的绿色针织毛衣和脚上的四只绿色小鞋子，面露疑惑：“不好看吗？”

“也不是不好看。”馒头圆溜溜的眼里落下几分羞赧，“可隔壁小区的妞妞不喜欢。上次妞妞的主人带她去了海边，从此她就喜欢上了蓝色。她说，蓝色是大海和天空的颜色，美极了。”

我笑道：“这还不简单，我让妈妈给你换上蓝色的衣服和鞋子就行了。”

“太好了！”馒头兴奋地跳上我的膝盖，用两只前爪抱住了我的脖子。

第二天，馒头穿上蓝色的毛衣和鞋子出门后，便再也没回家。我对他最后的记忆停留在一团射出门的蓝色影子上。那是我第一次体会到掺杂悲哀和喜悦的复杂感情。

蓝色是大海和天空的颜色，也是离别的颜色。

能读懂动物语言让我交到了不少动物朋友。

我曾帮流浪猫搬出一盆遗忘在商店里的猫薄荷，替鸽子领班捎带口信，甚至给一只蜘蛛照看过她刚刚织好的网。

我总是花很长时间和他们熟络后，便极其迅速地失去了他们。因此，当路比向我求助时，我没感觉到一丝诧异。我甚至做好了不久后和他说“再见”的准备。

3

路比想让我帮他寻找一只大熊猫。

“大熊猫？”我刚喝下的咖啡差点喷出来。

“没错。一年前她被送进了这里的动物园。”路比垂下眼睛，又黑又长的睫毛颤动了两下。

“那你是打算找到她后，和她一起拍张黑白照片了？”我开玩笑说。

“我想带她回去，回到自由的野生环境里。”路比严肃地望向我。显然，他既不觉得好笑，还认为自己受到了冒犯。

“自由有什么好？”我一口喝完剩下的咖啡，捏瘪手里的纸杯。

“难道有人喜欢束缚？”路比反问我。

“先找到你的朋友再说吧。”我将纸杯投进面前的垃圾桶，没回答路比的问题。

“也就是说，你答应帮我了！”路比顿了顿脚，蹄下发出令人愉悦的声响，“那我们出发吧。”

“等等，你太引人注目了。”我打量着他，“待会儿行人多起来，大家看见我在斑马线同一匹斑马讲话，保准会吓一跳。”

“斑马线？”路比低下头，“这些白色条纹叫斑马线？”

“对。”我解释说，“名字就来源于你身上漂亮的黑白条纹。”

“你身上穿的也是？”路比伸出左前蹄，指着我的衣服。那是一件黑白条纹衫。

“是的。”

“那人类应该对我不陌生嘛，”路比发出一阵爽朗快活的笑声，“放心吧，其他人看不见我的。”

我问路比为什么。

“只有能听懂斑马语言的人才能看见我。”路比走到我身边，催促我赶紧出发。

4

还好目的地不远，我和路比步行了十分钟便到达了动物园，不然我真不知道上哪儿找一辆卡车，以塞进高大的路比。

等到园区开门后，我第一个买了门票，然后带着路比直奔大熊猫参观区。

“你还能一眼认出她吗？动物园里有十几只大熊猫呢。”途中我问路比。

“当然认得出，我熟悉圆圆就像熟悉自己身上的条纹一样。你知道吗？每匹斑马的条纹都是独一无二的。对她来说，我也是最特别的存在。”路比的回答十足肯定，带着得知喜欢的人也喜欢自己的由衷开心。

“真好。”说这话的时候，我俩已经来到了为大熊猫专设的参观区。

透过围栏，我看见了三只大熊猫。一只将短胖的胳膊枕在脑后，仰躺在一块大石头上，另一只正在津津有味地啃食着竹叶，剩下的那只大熊猫正从离第二只五米处的地方奔过去。她仰起头，举起右爪，企图抢夺同伴手里的竹子。

“是她吗？”我指着那只调皮霸道的大熊猫。

“肯定不是。”路比一口否认，“圆圆走的时候并不开心，绝不会那么活泼疯闹。而且她的性格内向温和，是个典型的淑女。”言毕，路比沿着围栏挪动步子，目光一寸一寸地仔细移动。

“圆圆不在这里。”路比的语气既失望又困惑。

“不要紧，我们去另一个区找找。”我安慰他。

“是路比吗？！”那只大熊猫忽然丢掉手里的一截竹子，转眼就狂奔到了围栏下。她仰起脑袋，冲围栏前的我们不停地挥动手臂。她在空中用爪子大幅度画圆的样子，可一点也不像典型的淑女。

“圆圆，你真的是圆圆！你怎么会是圆圆？！”路比将脸凑到围栏前，开心得惊呼起来。

“傻瓜，当然是我。”圆圆双手叉腰，假装嗔怪道。

“抱歉才找到你，”路比满脸愧怍，“让你受委屈了。”

“受委屈？”圆圆歪了歪脑袋，随即笑得花枝乱颤，“路比，我可没受一丁点儿委屈。我在这里好开心啊。”

路比沉默地盯着她看了很久，像是在看一个陌生人。

“什么意思？你是不打算跟我回去了？”路比好半天才说出这句话。

圆圆在路比写满哀伤的眼睛里摇了一下头：“人类保护我、珍惜我，我不回去了。”

“同时也驯化了你。”路比打断圆圆，愠怒道，“他们保护你，是为了利用你；他们珍惜你，是为了夺取你的自由。”

“我宁愿相信，保护只是保护，珍惜只是珍惜。”圆圆温和却坚定地反抗说。

“可你失去了自由啊。”路比的长脸拉得更长了。

“没有绝对的自由的。小鸟展翅高飞，看上去无忧无虑，不也受缚于天空吗？鱼儿潜游水底，看上去自由自在，不也需要河流吗？自由有什么好啊？我觉得有比自由更重要的东西。”

圆圆哲理性的回答让我瞠目结舌，更让路比无言以对。路比呆愣了好久，忽然撂下一句“再见，祝你好运”，接着便如同身后着火般逃离了这里。他的身体几乎飞起来，四只矫健的马蹄把圆圆的呼喊踢到了身后。

我一路向园区里的各种动物打听路比的去向，好半天才在休息区找到了他。他蹲坐在一片绿化带前，面前的道路被泪水积出了一小洼水潭。

“别伤心了，虽然圆圆不能和你回到野生环境里，可她在这里过得很开心啊。你应该为她感到高兴才对。”我在路比身边蹲下来，伸手抚摸他的脊背。

路比没说话，“啪嗒啪嗒”眼泪直往下掉，面前的水潭也越来越大。我穿着条纹衫的影子在路比的泪池中久久地凝固不动，恍惚间自己也成了那悲伤中的一滴泪。

我叹了口气，坐到旁边的长椅上静静地陪着他。远处的天空渐渐亮起来，由白转蓝仿佛是一瞬间的事，夏日的天空总是拥有最澄净最清透的蓝。

蓝色是美丽的颜色，也是悲伤的颜色。

路比不知何时停止了哭泣，他将头抬向我，声音冷静不少：“顾小涵，明天能否再陪我来一趟动物园？我想离开前再见一次圆圆。”

5

第二天傍晚，我和路比再次抵达动物园。那天晚霞将天空渲染成橙红色，每隔一会儿就变换的色彩美得让人窒息。衬着橘粉天空和浓郁绿林的路比仿佛成了一幅油画的中心，他的黑白外套时尚优雅，挺拔的身姿庄重美丽。一路上路比都沉默无言，像一个怀揣心事、令人疼惜的孤独美少年。

“路比，你的黑白条纹真是又美又经典，”我试图让他打起精神，“难怪会成为人类设计灵感的来源，让条纹衫火遍全世界。”

“有从圆圆身上得到什么灵感吗？”路比沉吟片刻问。

“太多了。”我絮叨开来，“大熊猫服装、餐具、文具、玩偶，甚至标志建筑、雕塑、主题馆、主题餐厅。大熊猫可是‘国宝’。”

“国宝？”

“意思就是人人都爱大熊猫。大熊猫是——”

“嘘，”路比打断我，“有人。”

我和路比不知不觉已来到大熊猫参观区。我俩猫着腰，刚蹲在一块公告牌后，就看见一个年轻男人打开锁，快步走进了大熊猫的活动领域。

那个身穿蓝色工作服的男人刚出现，圆圆便欣喜若狂地扑向了他。男人冲她笑了笑，立马原地坐下来，一只手替她挠脖子，一只手逗弄起躺在他怀里朝他开心地摆动四肢的圆圆。他俩这样玩了很久，好像并不觉得单调乏味。接着，男人站起身，为其他大熊猫做例行的身体检查。他走到哪儿，圆圆便跟到哪儿；他停到哪儿，圆圆便守在哪儿。

路比几次从公告牌后面站起身，都被眼前的情景击退回去。有两次他几乎已经走到了围栏前的显眼处，但不论是圆圆还是男人都没察觉到他。

“我们回去吧。”路比的决定总是很突然，他愤愤地对我说，“我差点忘了，我一直都讨厌离别。”

6

路比是通过一扇大窗户走进这个城市的。我花了点时间才搞清楚他口中的“窗户”原来是某家商场的广告牌。

返回到喧嚣的街上后，我走进面包店，给路比买了一袋他喜欢吃的肉松面包。我又找来一根绳子，将装有肉松面包的塑料袋挂在他的脖子上。

我问路比，是否还记得那家商场和那块广告牌。

“商场是一个巨大的圆球，”路比回忆说，“至于‘窗户’，只要找到有斑马图案的那扇就行。对了，还有条纹衫，我走出来的时候眼角瞥到了一件条纹衫。”

“明白了。”我推测那是一块宣传条纹 T 恤的广告牌。至于圆球形状的商场，没到一刻钟我就带着路比走了进去。毕竟它是这所城市的标志建筑物。

“顾小涵，你为什么喜欢条纹衫？”在和路比绕着商场寻找广告牌的途中，路比忽然问我。

一股巨大的悲哀猛然绊住了我的脚，使我不得不停下来。我在商场中庭的一把椅子上坐下，指着身上的条纹衫告诉路比：“其实是一个男孩子送给我的。”

路比点点头：“眼光不错。”

“有一阵子，当满大街都能看到穿着条纹衫的情侣时，我一度以为我俩也会成为那象征的一部分。”我苦笑道，“那个爱喝黑咖啡，衣柜里装满各种颜色与样式的条纹衫的男孩告诉我，条纹衫曾是水手穿的服装，它代表着大海和自由。”

“没错，是这样。”

我幽幽地看了路比一眼：“他还说，自由意味着冒险，爱情意味着束缚。”

路比沉默了很久，最后问我：“结果是怎么样的？”

“结果他喜欢自由胜过喜欢爱情。”

路比陷入了更长久的沉默，黑眼睛近乎成了两颗塑料球。很久以后，他的眼里才重又聚起两束光：“他和我都错了，自由并不是最重要的，圆圆所说的比自由更重要的东西，是陪伴吧？”

我望着他，点了点头。

“虽然圆圆是人人皆爱的‘国宝’，但在她眼里，独一无二的宝贝只有那个穿蓝色衣服的人。是啊，她那么喜欢他，要什么自由？”路比打了个自嘲的响鼻。

我默默地听着，不知如何开口。

“圆圆找到了陪伴她的人，我本应该替她高兴，”路比把长脖子凑近我，“但为什么我会悲伤呢？”

“因为陪伴她的那个人不是你，如果对象不是你，你的陪伴就成了打扰。”

我哭着跟路比说，和他相遇的前一天晚上，我从朋友口中得知自己一度爱恋的男孩交了女朋友。那晚我彻夜未眠，天刚擦亮便走出了家门。失魂落魄的我甚至不知道自己何时买了黑咖啡和肉松面包。由于他喜欢黑咖啡，这完全成了下意识的动作。

路比用他的脸轻轻地碰着我的脸，声音微微发颤：“没事的，谢谢你的肉松面包，谢谢你的陪伴。你不知道我有多感激你。”

我抱住路比的脖子，在一遍遍地抚摸他光滑皮毛的过程中，悲伤也好似从指缝间流淌而出。

7

商场二楼的某个品牌服装店果然有块画着斑马的广告牌，斑马右上角还展示着一件夏季新款条纹T恤和折扣价。我和路比在广告牌前伫立了五分钟，谁都没说话。

“我讨厌离别，”路比打破沉默，遗憾地叹道，“我上哪儿去找像你一样能听懂斑马语言的人啊。”

我告诉路比，自己从十岁起就能听懂各种动物的语言了，而且经历过的离别次数绝对不算少。

“离别不好受吧？”

“不好受。”

“你经历过那么多次离别，我以为你这次就不那么难受了。”路比诧异道。

“不是，每次都那么难受。”

“对不起。”路比有些歉疚。

“没事，”我想想说，“如果不感受到难受，你怎么能知道自己珍惜？”

路比惊了一下，随即点点头，又劝我说：“顾小涵，别穿条纹衫了。”

“好。”我笑答。

“嗯，那么，再见。”路比慢慢地迈开步子，清脆动听的少年声线擦过我的心。

“再见。”我朝他挥手，看着他走进那块广告牌，穿过那匹扭头转向我的斑马图案。我看见几十条黑白条纹如水波似的晃动了一下，接着又恢复如常。

我没来得及告诉路比，有件条纹衫我穿在了心里，得花很长时间才能脱掉它。而每脱掉它一次，都是在和爱过的人告别。

爱是个睁眼瞎，他不分胖瘦，不辨黑白。

1

我以前是不叫“胖妹”这个名字的。事实上，我有一个和知名女作家同样的名字——李碧华。但我的男朋友邹舟周顾不了那么多，他见我的胳膊粗如树桩，腰腹凸得像小鼓一样，却又拒绝运动，便给我取了一个响当当的绰号——胖妹。

第一次听到这个绰号时，我急得掉眼泪，并生气地跺脚道：“我不胖！”

“亲爱的，”邹舟周戏谑道，“你是真的胖，出客厅往右拐，你能看见一面镜子，不信照照看。”

我将手里吃了一半的比萨狠狠地朝他砸去，接着冲出客厅，躲进了卧室的衣柜里。

衣柜是我的紧急避难所。从小到大，只要心底不快，我就会躲进衣柜，坐在那一小块黑暗空间内，慢慢消化那些失落和悲伤的情绪。邹舟周说小孩子才躲进衣柜，但大了我照样躲。保留的记忆是长大不了的呀。

我坐在衣柜里，呆呆地注视着渗进衣柜里的一束光。我不明白，邹舟周怎么会变成这个样子。曾经那个跑遍便利店为我买进口巧克力的贴心男朋友究竟哪儿去了？难道就因为我现在变胖了吗？

我失落地想着，一边将后背倚靠在衣柜里层的硬木板上。谁知这次木板居然像一扇自动门似的打开了，我头朝下掉了进去。

2

反应过来后，我已经置身于一个明亮的大厅里。大厅里除了有一面擦拭得一尘不染的全身镜外，再无其他。光亮来自屋顶中央悬挂着的水晶大吊灯。大吊灯发出的光穿过一颗颗晶莹透亮的水晶玻璃，折射出千万道迷人绚丽的金光。

一位女人迎着金光走了进来。

“报名在昨天就已经结束了，你不知道吗？”女人又高又胖，身材浑圆，长长的纱裙穿在身上，如同裹了一层脆而薄的纸。

“什么报名？”我纳闷道。

女人不再说话，而是径直走到镜子前，开口问道：“魔镜啊魔镜，告诉我，谁是胖国里最胖的女人？”

镜子表面起了一道道波纹，接着一个雄浑的声音响起：“亲爱的纱夫人，毋庸置疑，您是胖国里最胖的女人。”

“回去吧，魔镜。”纱夫人胖脸上堆满的笑，拿十个擀面杖也推不平。

顿时，波纹消失，镜面平整如初。

我在一旁看傻了眼。

魔镜？纱夫人？胖国？

纱夫人来到我跟前，朝我翻了一下白眼，接着戏谑道：“就你这瘦不拉几的身材，连胖堡都比不上，还想参加这次的选胖大赛？”

选胖大赛？我疑窦丛生。好久，我才喃喃道：“纱夫人，我不是胖国的居民……”

“难怪那么瘦！”纱夫人惊叫一声。

多久没人说我“瘦”了？我脸上浮现的笑容，用十部推土机也碾不平。

“纱夫人，胖国有旅馆吗？我想在这里住几天。”我决定，既然到了胖国，就好好享受享受当瘦子的感觉。

“出门后向东步行五分钟，你能看到一个长得像汉堡包的建筑，那是胖国唯一的旅馆。老板叫胖堡。”纱夫人说。

我谢过纱夫人，离开了大厅。

3

很快我便发现，在胖国，街上的行人不管男女老少，身材都是我的一到两倍。他们走在路上，如同一个个移动的圆球。

更有意思的是，这里的建筑也设计得很“胖”——无一不外表低矮、形状椭圆，仿佛一座座敦厚结实的巨型卧佛。

我一路向东，没过多久就望见了纱夫人所说的汉堡包建筑。建筑上有一块招牌，上面写着：汉堡·住宿。

我走进去，只见店内零星地坐着几个身形如小象的食客。柜台那儿，一个女人正弯着腰，用大号木勺搅拌着铁桶里的浓稠奶油，她脚边另一个铁桶里则装满了巧克力酱。

“是胖堡老板吗？”我冲女人喊道。

女人闻言直起身，转过头来望向我。

我吓了一跳。眼前的女人身穿火红色的连衣裙，身上的赘肉叠游泳圈似的一层又一层。

“是，请问您要点什么？”胖堡一笑，脸上的肉就形成了几座凸起的沙丘。

“我是外国人，特来参观贵国，”我信口胡编道，“我打算在这里住几天，但我身上没什么钱，我是通过纱夫人介绍来的。”

胖堡盯着我的脸注视了几秒，随后对我点头道：“欢迎来到胖国。您可以在我的旅馆免费住上三天，这是本国欢迎外宾的规矩。”她走出柜台，接着说，“不过，三天以后，您还想留下的话，就得用最短的时间，使劲长胖。”

“使劲长胖？”我在对这四个字表示惊讶的同时，还惊诧胖堡脚上那双红色的细高跟鞋。或许大象穿着高跟鞋的样子，就是胖堡现在的模样。

“没错。”胖堡说，“这也是本国的规矩。如果想长期往来胖国，唯一的要求就是要达到胖国的平均体重。”

“好奇怪的规定。”我嘟哝道。

“俗话说，物以类聚，人以群分。只有达到胖国的平均体重，才能体现对胖国的尊重。一旦达标，您吃多少、住多久，都随您的意。”胖堡解释道。

我心领神会地点点头。

“另外，其他国家的一分钟，相当于胖国的一天。”胖堡补充说。

那岂不是有大把时间在这里吃喝玩乐了？我条件反射地想。

“请跟我来。”胖堡挪动胖腿，来到楼梯处，“房间在二楼。”

眼前的房间，与其说是旅馆，不如说是一家综合超市。房间大而方正，四个玻璃柜子紧靠着四面墙。柜子里装满了巧克力、甜甜圈、薯片、奶茶、三明治、蛋糕等食物。房间中央，有一张宽大柔软的床。坐在床脚的一对双胞胎，正忙着把面前的奶油蛋糕和薯片往嘴里塞。他们甚至都不怎么咀嚼。

我看得惊呆了。

“大胖、小胖，起来。”胖堡用高跟鞋踢了踢双胞胎。

大胖、小胖抬起满是薯片渣和奶油的脸，目光呆滞地看着胖堡。

“这是咱们的房客，你俩好好招待她。”胖堡命令道，“现在，去拿两个招牌汉堡，让客人尝尝。”

双胞胎挪了挪腿，动了动腰，费力撑起胳膊，颤颤巍巍站起来，慢慢地走出房间。

“您只需躺在床上尽情吃喝就好。大胖、小胖会帮您打理一切需要跑腿的事。”胖堡热情地说，“我得下楼了。汉堡马上就到。”

4

“一切食物都是免费的，简直难以置信。”胖堡走后，我在玻璃柜前转了一圈又一圈，兴奋得像一枚不断旋转的陀螺。

得告诉邹舟周。

这个想法掠过我的脑海时，我才意识到，自己要如何回家呢？

我想到了衣柜。既然从衣柜那边来，应该也能从衣柜这头回。

几分钟后，我绕到一个玻璃柜后面，发现了被它挡住视线的衣柜。

衣柜里空空如也。我抓了几大袋巧克力，走进衣柜，关上柜门。接着，我闭上眼睛，背部用力向后撞去。

“咯吱”一声，我再次掉了进去。

透过照进缝隙里的光，我在黑暗中看清了衣柜里几件属于我的衣服。谢天谢地，真的能回家。我呼出一口气，推开了柜门。

邹舟周正站在衣柜前。

“邹舟周！”我兴奋地扑过去，一把抱住了他的脖子，“衣柜后面藏着一个胖国，那里所有的食物都是免费的。”

“你这个秤砣得有几百斤啊，简直重死了。”邹舟周皱起了眉头。

“邹舟周，跟我一起去胖国玩吧。那里有吃不尽的零食，看不完的胖子。”我撕开一袋巧克力，掰开一块含进嘴里。

“你无药可救了，越吃越胖，跟你说过多少次了，少吃多动，不变肥猪。”邹舟周满脸严肃。

“我不胖！”我还是那句老话，“你不去，我自己去。我回家告诉你这个秘密，你就只会奚落我。”

我走出衣柜，去拿桌上的手表，接着再次回到衣柜，用力地关上柜门。我忍住没看邹舟周一眼。

5

接下来的一天，我把房间里四个大玻璃柜里的每样食物都吃了一遍，还额外吃了两个胖堡做的牛肉汉堡包。

“如果您还想待在胖国，享受免费食宿的话，”胖堡对我说，“从明天开始，您得加紧长胖了。”

“这不是才第二天吗？长胖的事，不应该等到后天吗？”我问。

“您忘了，你回去的一分钟时间，在胖国算一天。”胖堡说。

我站在胖堡带来的体重秤上，称了一遍体重：50 公斤。

“本国平均体重是 70 公斤，您偏瘦 20 公斤。”胖堡说。

也就是说，我得再增加 20 公斤的体重，才能视作对胖国的尊重，才能继续留下来。

“如果达不到呢？”我小心翼翼地问。

“亲爱的小姐，咱们最好省去这个如果，好吗？”胖堡的胖脸上带着几分奸笑。

胖堡给我规定的时限是七天。这意味着我得在一周时间内，用嘴巴和胃，尽其所能地增重 20 公斤。

接下来，我开始一刻不停地吃东西。

渐渐地，对我来说，“吃”已经像呼吸空气一样自然了。一周后，我不仅达标了，还超出了 10 公斤。

一个月后，纱夫人对着魔镜，问出“谁是胖国最胖的女人”时，魔镜脱口而出的答案已经是“李碧华”了。

我已经渐渐融入了胖国的生活，我甚至得到了纱夫人的特殊许可，报名参加了胖国即将举行的“选胖大赛”。

6

我没想到的是，自己刚钻进衣柜，邹舟周就紧跟了进来。

不过，他到达的是另一个地方——监狱。

监狱里的囚犯们看着大衣柜“砰”的一声被撞开，从里面摔出一个年轻男人来。

“谁？”一个瘦成皮包骨、眼睛凸出的男人凑上前，第一个问邹舟周。

“你是谁？”邹舟周拍拍裤子上的草，站起来问，“这里不是胖国？”

“当然是。”那人低吼道，防卫性地看着邹舟周。

男人后面，十几双眼睛正警惕地盯着邹舟周。

“大家别紧张，我是来贵国找女朋友的。她通过我家的衣柜来到了胖国，我想带她回家。”邹舟周友好地解释道，“只是我不明白，我为什么到了这里。”

“找女朋友？”皮包骨说，“你女朋友是胖是瘦？”

“我想，属于胖的那类。”邹舟周回答道。

“那就对了。物以类聚，人以群分，她准是掉到了胖国某位胖子的衣橱里。”皮包骨打量了一番邹舟周，“这里，是瘦子的集聚地。”

“胖国的瘦子都住在监狱？你们犯了什么错吗？”邹舟周问。

“在胖国，瘦就是一种错，好逸恶劳就是美德，违背者视为不敬。”皮包骨说。

“莫名其妙！”邹舟周忍不住骂了一句，“这不是是非不分，颠倒黑白吗？”

皮包骨摇摇头，眼里多了几分悲哀：“胖国是世界上最狡猾的国家，它表面上热情好客，食宿免费，实际上是利用人类好逸恶劳的本性，通过满足他们的口腹之欲来阻止人类进步。在这里，当肥胖成了一种大家认可的美，你就觉得没什么值得改进和为之奋斗的事了。很多外国人来到这里，就再也没离开。”

“我女朋友已经离家大半个小时了。”

邹舟周神情紧张地说。

“也就是说，她已经在胖国待了一个多月了。”皮包骨说，“这里的一天，相当于其他国家的一分钟。”

“我得把她带离胖国。”邹舟周坚定道。

“那得看她愿不愿意离开。”皮包骨建议道，“你回去后，长胖点再来，那时你才能抵达胖子家的衣橱。”

回家后，邹舟周增肥到了 80 公斤。

这次，他通过卧室的衣柜到达的地方，恰好是胖堡的旅馆。

那时我坐在房间里的梳妆台前，大胖、小胖正在为我精心打扮。邹舟周“扑通”一声从衣柜里跌出来的时候，惊得我从椅子上噌地站了起来。

“邹舟周，你怎么变成一个圆球了？”我瞪大眼睛，难以置信地望着他。

“我们以后再说这个，先跟我回家。”他抓住了我的手腕。

“不行，我还得参加选胖大赛，胖堡说，我获选冠军的概率很大。”

邹舟周又气又急。

他什么也没说，只是铆足了劲将我往衣柜里面拖拽。我奋力挣脱，一旁的大胖、小胖面面相觑了几秒，随后他们摇摇晃晃地下了楼，想必是去通知胖堡。

“胖妹，别糊涂了，他们是拿你当小丑，想让你成为全世界最胖的胖子。”邹舟周低吼道。

“就是因为我胖，你就不喜欢我了是吧？你就嫌弃我了是吧？你已经不是以前那个对我温柔体贴的男朋友了。”我忽然哭了。

楼下的双胞胎开始对胖堡疾言厉色地说着什么。

“求你了，快走！回家后我再向你解释。”邹舟周催促道。

“给我一个理由，”我啜泣着说，“给我一个能说服我的理由。我就走。”

“为了来找你，为了把你带回家，”邹舟周宣誓般地说，“我硬是把自己吃成了一个胖子。因为只有这样，我才能见到你。你还不明白你对我来说有多重要吗？”

好半天，我才回过神来。我抹着眼泪，拉着邹舟周的手，答应跟他回家。

7

邹舟周打开房间的衣柜，我却进不去了。

如今，对于将近 90 公斤的我来说，衣柜已经太小了。

重重的脚步声从楼道里传来。胖堡和双胞胎喘着粗气，一步步赶过来。

“肯定有办法的。”邹舟周在衣柜面前来回踱着步，忽然拍了下自己的脑门，“推倒衣柜，你可以横躺着睡进去，用胳膊撞开里面的木板。”

楼道上的脚步声越来越近。

我和邹舟周一起用力推倒了衣柜。

胖堡转动门把手时，我已经睡进了衣柜里。

“快！”邹舟周用力将我推了进去。

“抓住他们！”胖堡一边喊着，一边和大胖、小胖冲了过来。

然而，跑在最前面的大胖跌了一跤，跟在后面的胖堡来不及刹住脚，狠狠地栽倒在了大胖的背上。

紧接着，像多米诺骨牌一样，小胖又叠在了胖堡身上。

三人滑稽的模样，奇妙地组成了一个人肉汉堡包。

“再见了，胖国。”邹舟周关上柜门。

8

操场上，我和邹舟周并肩跑着步。从胖国回来后，邹舟周一直陪着我运动，我俩已经坚持跑步一年了。

“还想回到胖国吗？”当我们停在路边休息时，邹舟周问我。

“不知道。”我说，“谁叫我在这个瘦子的世界里太胖，在胖子的世界里又太瘦呢。”

“胖瘦都是相对的，也是表面的，我让你减肥不是让你改掉吃零食的坏习惯，而是让你培养爱运动的好习惯。”邹舟周淡然一笑，“只要最重要的东西不变，身形的变化并无大碍的。”

“最重要的东西，是什么？”我问他。

“最重要的是，”他想想说，“明白爱是个睁眼瞎，他不分胖瘦，不辨黑白。”

Part 04 宇宙与科技的抒情诗

镜中

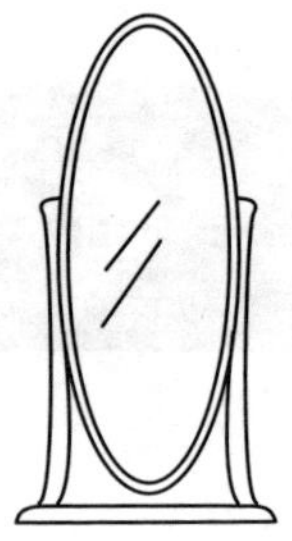

人类进化至今，哪怕依然孤独、贪婪，
仍有人心存希望，守护爱情。

1

我和男朋友已经分手两个月了。

然而工作日的每一天，我都密切地注视着他。

在他从工位上站起身，拿着马克杯去接水的间隙；在他去前台领取外卖午餐的路上。甚至是他急匆匆地赶往洗手间的时候，我都会用目光拦截他，试图让他驻足看向我，不过最终都以失败收场。

一次下班后，在即将关门的电梯旁边，我一把拉住了快要跨进去的前男友。

“林霖，原谅我，好吗？”

林霖的脸像一口漆黑的古井，吞噬掉所有的表情和情绪，是彻头彻尾的空洞无物。

他没有说话，也没有转过头，而是径直走向了安全通道。

2

除了是一名天才架构师外，我的男朋友林霖还很爱我。

他会用 Excel 记下所有我喜欢吃的食物，偏爱的衣服、鞋子和包包品牌，常用的护肤品牌子和口红色号，然后在或大或小的节日里，变戏法似的送我一件件心仪的礼物，再带我去吃一顿大餐。察觉到我冬天有体寒的毛病后，他每天都会替我焐暖被子。他总是舍不得放开我的手，哪怕是在开车，也会腾出右手握住我的左手。男朋友对我的观察是像素级别的，对我的关心与体贴也无人能及，这不是爱又是什么呢？

但与我交往过的几个前任相比，林霖不高也不帅，牙齿的排列还非常乱。他不笑还好，一旦笑起来，完全暴露的上下牙龈和一口乱牙总会冷不防吓我一跳。这种瞬间就像鞋子里落入了一粒石子，虽然并没有什么大不了的，但总会时不时地硌疼我，让眼前布置得如梦幻城堡的主题餐厅、身边飘浮的粉色气球和面前的西冷牛排黯然失色。这个时候，我总会赶紧喝一口手边的红酒，同时在心里骂醒自己：想什么呢！世界上不可能有十全十美的爱情。

刚进公司那会儿，我根本没有注意到林霖。我入职的这家互联网公司员工以程序员为主，而且男多女少。不到一周，我就享受到了不少优待。再加上我长相甜美、性格开朗、擅长化妆打扮，在公司便更加受宠。几乎每天都有不同的男同事特意绕到我的工位前，给我一个水果、一瓶酸奶或一杯咖啡，有三四个胆大的男人还会邀请我一起吃晚饭。

但林霖和他们的殷勤且直接完全不同。他生性害羞且内敛，一周内和我说过的话不到十句。但我每天上午来公司上班时，总能看见桌上搁着一杯刚刚接的热开水；中午去餐厅后也会发现放在冰箱的饭菜已经提前被人用微波炉加热好。他这样做了一个月，却什么也没对我说。我记在心里，并持续观察。

一次公司聚餐后，我突发奇想地感叹道："好想吃抹茶甜筒啊。"周围众男同事笑话我，说大冬天的没地方去给我找甜筒。没过多久，正当我们一行人步入地铁站准备乘车回家时，听见有人大声地喊我的名字。

林霖的右手高举着一个抹茶甜筒，站在汹涌的人潮里。他一改平时的腼腆木讷，兴奋地朝我挥动着手里的冰激凌。没人知道他是什么时候脱离的队伍，又是在什么地方买到的抹茶甜筒。

我盯着满脸通红的林霖，不知怎么的就喜欢上了这个单纯又害羞的男人。

3

和林霖交往一年后，他对我的爱并没有减少一星半点。身边的朋友虽然羡慕，但我仍旧能从她们的语调里品出遗憾的味道。

"长得帅没用！对你好才是最重要的。"某个周日，筱雅在和我一起喝下午茶时感叹道。

我喝了一口水果茶，对着她冷笑了一下。之前我和筱雅交换过很多次选择男朋友的标准，就只在高颜值这一点上达成了统一意见。

她读懂了我的笑，立马补救道："不过长得帅的男人对女朋友是真的不够体贴。要不是看奎奎长得帅，我早就跟他分手了，哪会忍到现在？"

"你倒是分手呀，每次你和奎奎吵架都会这么说，哪次又真的分手过？"

"他长得好看嘛，我每次都狠不下心来。"筱雅的语气软下来，又叹气道，"唉，要是我有足够的时间和精力，说不定就会去物色下一个哦。"

"或许是我变了吧。林霖对我的好是每个前任的十倍，十倍的好完全抵得过一张帅气的脸。"

"你真的一点儿也不在意？"筱雅的目光逼视过来。

我将视线挪到玻璃窗外，一眼便望见了广场上的那棵圣诞树。"哪有十全十美的爱情啊。"我扭过头，故作轻松地对筱雅说，"你想不想知道林霖送我的圣诞礼物是什么？"

4

前不久，我和林霖逛商场的时候，无意中看见了一个水晶球。水晶球里装着一个栩栩如生的小镇，镇上有教堂、湖泊、树林、商店和住宅，甚至连路灯和门牌号都能看得一清二楚。上方的天空中悬浮着一只拉着雪橇的麋鹿，雪橇里坐着一个相貌逼真的圣诞老人。我被那个漂亮的水晶球彻底迷住，看久了，甚至能感受到里面扑面而来的清冽空气，能听到雪橇划过天际时发出的铜铃声。

“喜欢吗？”林霖问。

“嗯，很喜欢里面的世界。”

“那我送一个给你。”

我原本以为林霖会买下那个水晶球，作为圣诞礼物送给我。没想到圣诞节那天，他神秘地拉着我，打开了手机桌面上的一个APP。APP 页面上先是掠过了一只拉着雪橇的麋鹿，接着又闪过了异常眼熟的小镇风光。

我瞪大眼睛，不解地盯着林霖。

“圣诞礼物啊！”他握紧我的手，激动道，“你不是说喜欢水晶球里的世界吗？我给你做了一个。”

过了好久我才从震惊中明白过来，我的天才男朋友用代码为我创造了一个水晶球里的世界。

“想体验一下吗？我会和你一起。”林霖看着我，“虽然里面的世界是假的，但你的感官和心理感受绝对真实。”

“如果我进去了，这个世界的我会怎么样呢？”我既激动又紧张。

“放心吧。进去的只是你的副本，她有着和你一样的性格、爱好和习惯。但真正的你还在真实世界里。”林霖捏了捏我的手，“准备好了吗？”

我点了点头。

不知何时，手机屏幕上的风景消失了，取而代之的是一面镜子。镜子下方浮现着一个浅绿色的“开始”按钮。我伸出手指，点击了按钮。

林霖绝对是天才无疑。APP 里的景色比真实世界的景色还美，我的体验比在真实世界的体验还要强烈。

漫天飞舞的雪花、松树枝折断的清脆响声、碎裂的冰块轻轻的撞击声、烟囱里袅袅升起的烟、远处火车的轰鸣声、麋鹿拖着雪橇经过上方天空时一路的铜铃清响，坐在雪橇里的圣诞老人不停地抛下包装精美的圣诞礼物……

所有的这一切都让我痴迷不已。

林霖告诉我，我的副本不需要休息，两个世界里的时间也并不同步。现实世界里的我可能还在公司加班，而副本里的我可能正坐在壁炉前喝着一杯温暖的热可可。

每天清晨醒来，一种无尽的愉悦感会浸透我的全身，这种感觉远胜做了一场美梦。据林霖所说，副本在 APP 里的体验与感受会直接作用于母本。因此，不管平日里的工作有多么忙碌，我们俩的副本也能在 APP 里谈恋爱，比现实世界里更甜蜜地恋爱。在那里，我们有大把大把的时间和精力一起玩耍。我们坐雪橇、滑雪、泡温泉、喝鸡尾酒，在簌簌降落的雪中亲吻，在有壁炉的温暖的房间里拥抱。那里只生产美好，只负责上演一场永远也谈不完的爱情戏。

筱雅默默地听完我的讲述，良久才对我说：“人类进化至今，无论多么富有，科技多么发达，文明多么进步，有一样东西却永远也解决不了。你知道是什么吗？”

“什么？”

“孤独。”

我没搭腔，等着她继续说下去。

“你想过吗？有多少恋人因为工作忙碌，陪伴另一半的时间太少而分道扬镳？又有多少恋人因长期异地而忍痛分手？还有多少恋人因一次误会造成终身遗憾？”

我盯着她，第一次见到如此认真的筱雅。

“让本人好好忙活工作得了，只要副本在里面认识恋人，谈恋爱就好。就像你说的，虽然是虚拟的世界，但感觉是绝对真实的。”筱雅的脸上写满了钦佩，“每个人都是一座孤岛，而这个APP可以成功地联结所有的孤岛。林霖才不是一个只知道敲代码的程序员，他是解决人类孤独的英雄！”

“哪有那么夸张啊。”我笑了，心里却很受用她对男朋友的褒奖。

“一点也没夸张。”筱雅认真地盯着我的眼睛，“让林霖开放那个APP吧，把只属于你们俩的伊甸园共享出来。那里可以创造千千万万个亚当和夏娃。”

5

“解决人类孤独的英雄？哪有那么夸张。”林霖停下敲击代码的手，转过身看向我。

“一点也不夸张。”我重复着筱雅说过的话，“每个人都是一座孤岛，这个 APP 可以成功联结所有的孤岛，创造出千千万万个亚当和夏娃。”

“你想这么做吗？”对于这种夸赞，林霖显得有些难为情，“毕竟这是送给你的礼物。”

“我想开放它。如果人们能在那里找到爱情，我们俩肯定也会很开心吧。”

“行。”林霖一口答应下来。

“对了，APP 叫什么名字？”

“就叫‘镜’吧。”林霖想了想说，“我会把 APP 升级，以后镜子就是连接那个世界与现实世界的通道。”

我笑了。我的名字就叫童镜。

如筱雅所预料的，“镜”真的成了一个共享伊甸园。APP 开放后一个月，就有十万人的副本走进了这个虚拟世界，有三万人确立了恋爱关系。不仅人数在不断增加，“镜”中的世界也越来越丰富。除了滑雪、坐雪橇、泡温泉，大家还自发组织了舞会、多人游戏和主题活动。林霖因为不喜欢人多，去“镜”的次数越来越少。

在一次圣诞夜的聚会上，我遇见了吉侃。

当这个身材健壮、长相帅气的男人站在舞台中央，开口唱出 Mariah Carey 的 *All I Want For Christmas Is You*（在圣诞节我只想要你）的第一句时，我就愣在原地，仿佛被雷劈中。

我参加过无数次的圣诞夜主题聚会，但从来没有哪次像那天一样，让我觉得这个夜晚如此特别。我晕头晕脑地听完，连吉侃走向我也没察觉到。

“我知道你,你是这个世界的女主人？”一张帅气的脸凑近我，吉侃看向我的眼神温柔如水。

当时我是如何回答他的，我已经记不清楚了。但从那以后，每个晚上我都会去酒吧听他唱歌，而他每次唱的都是那首*All I Want For Christmas Is You*。他的目光一遍遍地扫过我，像一次次微妙的试探，又像是一次次深情的告白。

我焦灼难安，同时内心又产生了不可抑制的激情与狂喜。我害怕吉侃跳下舞台走向我，更担心他把目光从我的身上移开。

6

“你可以不用再去‘镜’里了。”某次吃晚餐，林霖放下筷子，用少有的严肃的眼光看向我。

“为什么？”我警觉地抬起头。

“我们俩已经有三个月没一起逛过街或在外面吃饭了。”他没有抱怨，只是满眼的哀伤与失望，“我昨天送你的礼物，你拆了吗？”

该死，我甚至不记得林霖给我买了礼物。

“马上就拆。”我放下筷子，急忙站起身。

“‘镜’里的世界会让人成瘾，忘记真正的生活。”林霖抓过我的手，恳求道，“你别去了吧。”

“但里面的景色美呀。你忘了？当初我就是因为喜欢水晶球里的世界，你才送了一个世界给我。”我转移视线，不敢看林霖的眼睛。

“到底是因为景，还是因为人？”林霖的目光追逐过来，语气凛然。

我蓦地看向他。

“你知道那个APP为什么叫‘镜’吗？不只是因为你的名字。你知道那个世界里有多少面镜子吗？镜子又代表着什么吗？镜子是我对你所有的注意力！所有的爱！”林霖忽然拔高音量，握紧了我的手，“湖泊、橱窗、酒杯，甚至是雪，所有能反光的都是一面镜子。每一面镜子都是我的眼睛，我想了解你的一举一动。你知道我每天会想你多少次吗？”

我的脑海里飞快地掠过一个舞台，以及舞台后面一整面镜子的墙。

“你的意思是，所有的镜子都是摄像头？”我尖叫一声，既惊恐又愤怒，“林霖，你在监视我！”

那是我们俩第一次吵架。不仅是因为林霖的行为触犯了我的羞耻心，更大的原因是我不想再忍了。我决定不再欺骗自己，也不想欺骗林霖了。

那天晚上，“镜”中的我径直走向舞台上唱着歌的吉侃，凑上前去吻了他。舞台背后那面大大的镜子，发出咄咄逼人的光。

接着，我的耳边传来镜子碎裂的声响，一声接着一声，排山倒海、声势浩大。等我从震惊中回过神来时，音乐已经停止了。桌上的烤鸭仍旧冒着热气，舞台上的吉他弦还在震颤，但酒吧里已经空无一人。

7

下定决心分手只花了我一秒钟时间。我轻轻推开书房的门，看见背对着我的林霖正像往常一样敲击着键盘。我正要喊他，没想到他率先转过了身。

“人类进化至今，不管文明如何进步、科技如何发达，有一点变不了，那就是贪婪。童镜，你以为‘镜’解决了孤独？不，它助长了人类的贪婪。”林霖的表情疏离冷淡，语气中交织着得意与轻蔑，“猜一猜有恋人却仍然选择去‘镜’中物色下一个的人比率有多高？”

我看着他，没有说话。

“百分之七十，其中就有你的朋友筱雅。你……”

“他在哪儿？”我打断他。

“童镜，你害怕孤独吗？你爱贪婪胜过怕孤独吧？”林霖那张写满悲伤的脸在某个瞬间刺痛了我。

“吉侃在哪儿？”我拔高音量，朝他吼道。

林霖脸上的表情仿佛猛然被抽干，只剩下一块承载五官的空洞平板。他像一个因挣扎过度而用尽力气的人，最终只剩下麻木的平静与坦然。

“‘镜’里所有人的副本都被我格式化了，除了你。”林霖赶在我之前开口道，“我们分手吧。”

8

漫天飞舞的雪花、松树枝折断的清脆响声、碎裂的冰块轻轻的撞击声、烟囱里袅袅升起的烟、远处火车的轰鸣声、麋鹿拖着雪橇经过上方天空时一路的铜铃清响……

看过成百上千遍后，所有的这一切都让我觉得单调且乏味。何况一个人看又有什么意思呢？我孤独得快要疯了。

我早已记不清，作为副本的我在“镜”中生活了多久。“镜”里所有的镜子都碎了，那本是连接现实世界的通道。我被永远地困在了这里，这个完美、无聊、孤独、美丽的水晶玻璃球里。当然，这里也不是完全没有其他人。镇上的铁路对面还站着一个人。由于列车从未停下过，我只能从车厢之间的缝隙处瞥见他的身影。但不管我怎么努力，也看不清他。唯一能看见的，就是他每次察觉到我的到来后，朝我高高举起的物体——一个抹茶甜筒。

我悲痛不已，终于在声嘶力竭的哭泣中明白过来。那些碎裂的镜子，是林霖破碎成一瓣瓣的心。人类进化至今，哪怕依然孤独、贪婪，仍有人心存希望、守护爱情。我试着大声呼喊对面的人，一次次地乞求他的原谅，可他从未回应过。

在这个属于我和林霖的镜中伊甸园里，我们俩孤独地生活在一起。

9

“你的脚好冷。”男朋友将我搂进怀里，试图用整个身子温暖我。

但不管躺在我身边的男人是谁，不管他有多么爱我，我的内心总是会莫名地升起孤独感和罪恶感。它们穿过短暂如雾气的甜蜜，朝着我大举进军。

异星

日记

拥有的越多，你就离神明越远。

1

该怎么形容那种心情呢？仿佛是穿行在城市的大街小巷时，迎面撞见了一只长颈鹿或一头大象。这就是我走进日记馆时的第一感觉。

日记馆只有十平方米大小，虽然房间中央设有螺旋楼梯，但真正的日记馆仅存在于一楼。

日记馆内，四面雪白的墙壁被凿出了无数个方形小洞：一排、两排、三排……足足有八排。各种封皮、颜色和大小不同的日记本搁在洞中，被洞顶的灯打出一方黄光，一本本日记俨然有了属于自己的房间和邻居。

我走到位于房间右手侧的服务台前，那里站着一个系着火红色围裙，留着络腮胡的年轻男人。

“新年好，我想借阅一本日记。”我开口道，“日记的主人名叫胡密。古月胡，茂密的密。”

“新年好。”男人觑一眼墙上的挂钟，啜了一口搁在桌上的绿茶，开始敲击电脑键盘。

“资料显示，有三个同名的人将日记本存于馆中。你是否记得胡密的出生年月日？”男人问。

“当然。胡密的生日是3310年7月7日。”

他很快告诉我胡密的日记本在A区第三排左起第五个窗口内。

我走到A区那面墙壁前，找到他告诉我的位置，小心翼翼地取出了日记本。胡密的日记本又薄又旧，灰色的封皮摇摇欲坠。一向爱惜物品的她，什么时候变得这么随意邋遢了？

“你确定这是胡密的日记？”我将日记本放在服务台上，一脸狐疑地指着它，“以我对胡密的了解，她是不会把自己的本子糟蹋成这样的。”

男人笑了：“A区是公共借阅区，就算刚送到馆内的日记本崭新如初生婴儿，日久天长也会变得破旧。婴儿不会老吗？”

“公共借阅？”我目瞪口呆地盯着他，“你是说，胡密的日记已经被很多人翻阅了？”

他再次笑了一下，这次笑得颇有嘲讽意味，仿佛在谴责我来日记馆前将脑袋忘在了家里。

男人低头在电脑键盘上一阵敲打：“一共是381次。”

我的脑袋里仿佛引爆了一枚炸弹，在那短暂却强烈的空白中，我迟迟无法开口说话。

或许，我根本就不应该相信胡密。

2

约半年前，我的好朋友胡密和她的男朋友谭尧乔迁到了亚力克星球。同蓝色的地球不一样的是，亚力克星是一颗像牛奶一般雪白而干净的星球。

亚力克星很小，全球居民仅三千人左右。那里既没有学校、体育馆、图书馆、公园等公共设施，也没有电影院、游乐园这类娱乐设施。更让人难以置信的是，亚力克星的居民甚至不使用任何交通工具和通信设备。

“力娜，别说是人工智能、互联网和手机，亚力克星居然连最原始的邮局都没有。他们也从没见过银行，因为他们不需要赚钱。亚力克星的居民还保留着以物换物的生活方式，职业是鞋匠、裁缝、锁匠、农民、渔民、杂货店老板之类。你能想象吗？我觉得自己生活在历史中！

“亲爱的力娜，我和谭尧开始习惯亚力克星球的生活了。这里的居民勤劳淳朴，日出而作、日落而息。他们从不撒谎，更不会出现犯罪行为。没有人听说过小偷等罪犯，也没人知道警察和监狱代表着什么，活脱脱的理想国啊。

“力娜，你好吗？我得再向你重申一遍我对亚力克星球的好感。它纯洁得像牛奶，纯粹得像玻璃。我已经爱上了这里。谁说过这么一句话来着？拥有的越多，你就离神明越远。在亚力克星，我们仅仅拥有一间小屋、一块菜地、五只鸡和三只鸭，可我拥有新鲜的空气和健康的身体，更重要的是，我再次拥有幸福感了。

“力娜，这些信都是我近一个月断断续续写给你的。或许你会质疑，先前我不是申明过，这里没有邮局吗？这没错，但是眼下情况特殊，谭尧会在一周内乘坐星际特快回一趟地球。到时他会把信转交给你。”

我读完手里的四封信，把它们挨个放入白色信封中，接着摞在一起搁进挎包。

我端起杯子，啜着面前已经冷掉的茶。

玻璃墙外，LED天空中有只云海豚轻快地跃起，短暂地划出一道弧线后又扎进了蓝天。

“苏力娜，除了给你这些信，密密还托我告诉你一件重要的事。”面前的男人眉眼舒展俊朗，说话干净利落，“其实这次我回地球，是打算落实一个项目，一个叫作‘日记馆’的项目。”

“日记馆？”我诧异道，像才刚学会这三个字的发音。这个古老的词至少有五百年没人使用了。

“对。”谭尧喝了口咖啡，继续说，“搬迁到亚力克星球以后，我了解到了与它临近的古老的小型星球。我和密密在那些星球做了短暂的旅行，发现上面同样居住着为数不多的地球人，有的甚至已和那些星球上的人通婚，有了后代。”

我望着他，静静地等待下文。

“我和密密认为，地球人终归是地球人，绝对不能遗忘自己的身份。因此，我成为了负责传播外星球信息的送信人，扮演一种类似‘邮差’的角色。”

“邮差？”这个掉入历史的词一股灰尘味，我差点咬到舌头。

谭尧点点头：“日记馆里展示的日记，会详细记载地球人在不同外星球的生活面貌。它是连接一个星球的纽带，也是打开一个星球的窗口。最重要的是，它是发射回故乡的电波，寄托着地球人的感情。”

“如果只是传播信息的话，网络会便捷和快速很多嘛，”我冲谭尧不解地摇摇头，“干吗花大力气建立‘日记馆’，不觉得这是很没效率的事？”

“密密坚持这么做。至于原因，这封信里的内容或许会告诉你。”谭尧从衣服口袋里掏出一个长条形的白信封递给我。

胡密在最后一封信里说，半年后，她会让谭尧把一本日记送入日记馆。

这本日记不共享，只写给我。

3

我离开了日记馆，包里躺着胡密那本并未兑现承诺的日记。星罗棋布的街上处处弥漫着新年的气息：大厦楼顶垂下电子灯笼和巨幅春联，车身涂成红色的大巴和汽车在空中透明轨道上穿行不止；远处天空，粒子烟花正在无声绽放。

与我擦肩而过的行人无不笑脸盈盈，哪怕是形态古怪的机器人，此时也变得可亲可爱。

一只机器兔跳到我跟前，朝我举起“兔年快乐”的横幅。我盯着他逼真的红眼睛和雪白的毛发，渐渐感受到一种前所未有的孤独。

我忽然觉得，自己根本不了解胡密。

我第一次和胡密说话是在公司的员工餐厅里。

那天午休时间，当我刚从智能餐箱取出一份汉堡套餐时，胡密忽然凑到我跟前，问我道："你还记得昨天吃过的午餐吗？"

我一头雾水，摇了摇头。

"我记得，昨天中午我吃了西蓝花。"胡密讲得一本正经。

"记不住西蓝花也不妨碍什么吧？"我笑了。

"不是西蓝花的问题，是我储存了我吃过西蓝花的记忆。"胡密朝我举起一个玻璃饭盒，"一日三餐都智能取餐的话，会让我们丢失吃过什么食物的记忆，所以现在我自己做饭。"

我惊讶地望着她。在 34 世纪，家务事早已由智能机器代劳，没有人会自己做饭，就像没有人会不使用洗衣机一样。

"唔，"我含糊其词地应道，思考片刻后问她，"吃过西蓝花那份记忆有那么重要？"

"重要，"胡密认真道，"那些记忆构成了我这个人。"

我盯着胡密的眸子，看见深处隐隐闪现出光亮，就像人类在地球上发现了宇宙中另一颗星星一样，里面藏着无限奇妙的未知。

回家后，我立马翻开了那个如同古物的日记本，里面事无巨细地记载着胡密每天在亚力克星的生活。

看得累了，我便抬眼看玻璃墙外漫天绽放的粒子烟花。

记不清是几年前，胡密带我看过一次真正的烟花。那晚我俩乘坐空中列车，花了整整两个小时才抵达城市郊区。由于是除夕夜，郊区如旷野般空无一人。天空浓黑如墨，无星无月，只有停靠在路边的列车车灯打出一束淡淡的白光。胡密从背包里取出一个篮球大小的物体搁在地上，接着用打火机点燃“篮球”外面的引线。她拉起我的手，像个孩子一样尖叫着带领我退后。几秒钟后，五颜六色的烟花伴着如啮齿动物发出的尖细声蹿上天空。我和胡密看着对方被照亮的脸庞，开心地笑起来。

“真美。”胡密赞叹道。

“可惜绽放过的烟花，最后都会消失。”我点点头，心里觉得遗憾。

胡密什么也没说。她牵着我的手，直到烟花燃尽。在漫无边际的黑暗中，我闻到了空气中逐渐散开的硫黄味。

那股硫磺味从客厅天花板落下，微微刺激着我的鼻腔。记忆原来是有嗅觉的。R3 不知什么时候来到了我面前。他手里端着托盘，两块电子屏眼睛发出红光。

“你看起来很悲伤，喝杯英国茶吧。”R3 柔声道。

我将目光落在他的脸上，猛然想起了什么。下一秒我已从沙发上跳起来，惊叫出声：“错了！”

“茶错了？”R3 歪着脑袋问。

我飞快地走进书房，从抽屉里拿出胡密曾写给我的五封信。我将它们全部展开，逐封和日记本里的字迹进行对比。检查的过程中，我的心一点点缩紧，喉咙干渴难耐。很久以后，我听到自己焦躁的声音：“R3，茶！”

4

晚上 11 点，我拨打了日记本背后印有的联系电话。新年快乐歌几乎唱完，电话才被接起。

“打扰了，今天我来日记馆借过胡密的日记，还记得吗？”我迫切地问。

“查出有三个胡密存了日记本的那个？”

“是的。”我确认对方是那个留着络腮胡的男人。

“不记得，”他的声音懒洋洋的，“但我记得今天是除夕夜，现在不是我的工作时间。”

“谭尧，”我坚决地追问，“胡密的日记是他送到馆内的？”

电话那头倏然沉默，仿佛被谁粗暴地掐断了信号。

“喂，喂，还在吗？”

“你和‘邮差’是什么关系？”终于，电话里传出男人警觉的声音。

我告诉他，自己早已知晓谭尧是日记馆的发起者，而我的好朋友胡密是他的女朋友。

对方沉默有顷，随后缓缓开口道：“胡密的日记是他最后一次送信。谭尧被限制了，成了亚力克星的永驻居民。”

“最后一次？”我震惊地问，“被限制了是什么意思？”

“意思是再也不能回地球了。”

我的意识陷入短暂的停滞，直到耳边传来男人的声音。他礼貌而郑重地问我，如果方便的话，明天是否能来日记馆见面聊聊。

5

第二天上午九点，我如约来到日记馆。男人锁了门，带着我经螺旋楼梯上到二楼。那里是一个书房。四个黑色大书架里塞满了书，临窗搁着一张大方桌和两把配套的椅子，除此之外再无赘物。

“估计会花点时间，坐吧。”他替我拉开一把椅子。

我坐下来，看着他打开电脑，手指灵活地在屏幕上飞舞。

“谭尧最后一次送信那天，告诉了我一些事，”他打开一个隐藏的文件夹，“我将他说过的话进行了声音转影像处理。”

随着短促的“嘀”的一声，竖在我和他之间的全息屏上出现了一个白色星球。接着，画面中闪现出美斯达星球、伍斯克星球、诺菲星球等不知名的外星星球。画外音介绍说，这些微型星球和亚力克星一样，虽然都是“无名小卒”，但环境优美、各有特色。在美斯达星球上，你能炸出银河系最好吃的薯条；来到伍斯克星球，你能看到世界上的另一个你；而诺菲星球是一个处处散发出榴梿气味的星球……

我轻轻地笑了。谭尧的介绍和模拟的星球特效相得益彰，极其生动有趣。

“从馆长反馈的借阅数据看，这些记录异星生活的日记在日记馆大受欢迎。渐渐地，一些人开始不顾不菲往返费用和旅途的劳累，慕名前往异星星球旅行。”谭尧继续道，“当地居民的生活习惯和思考方式或许略显保守，但整体来说，他们都是善良纯朴之人。他们接纳并欢迎地球人。直到发生了‘异星导游’事件。”

谭尧蓦然住口，仿佛临时有事匆忙撤离了舞台。全息屏上是成群结队乘坐星际列车的地球人，他们抵达外星球后，由举着“导游”纸板的地球人接待。“游客”们一路赞叹着异星球上的奇妙景色，并且决定在那里住上一段时间。很快，大多数人因受不了自给自足的生活选择了离开，但这种现象却让一部分导游嗅到了商机，他们开始计划着建立商场、旅馆、无人便利店等。他们笔下的日记，不再是记录异星生活的感情流露，而成了别有用心的宣传广告。

“事情大致就是这样。”男人开口道，画面随即消失，“异星居民头疼不已，他们固然善良，但绝不是让地球人随意捏在手里的软柿子。自那以后，他们组成联盟，商定由‘邮差’带回地球的日记必须经过检查，且数量只能有一本。”

“所以他们惩罚了作为发起者的谭尧，让他永远不能再回地球？”我猜测道。

“日记是感情联结，不是营销工具。这本是谭尧建立日记馆的初衷，没想到事情失控了。谭尧接受惩罚。”男人沉静道，“这也是日记馆聘请我当馆长的缘由。我得阅读、检审每一本日记里的内容。在这之前，馆内全自动化借阅，并不需要人力。”

我和他都不再说话，沉浸在各自芜杂的思绪中。

我试着解开盘桓在心底的结：“因为限送一本，胡密说好写给我的日记才落空了。那么，写亚力克星日记的人是谁，又为什么要用胡密的名字？”

“胡密本打算给你写一本私人日记？”他诧异道。

“是的。”

“事实上,日记馆后期也接受来自异星星球的私人日记……”

“不是规定带回地球的日记只能有一本吗？”

“照理说是这样。”

我不明所以地盯着他。

他凝神思考了很久，之后忽然走到我面前，伸出右手轻轻地搁在我的肩上。我抬头看他的脸,发现他有着一双坚定刚毅的眼睛。

“苏小姐，你必须答应我一件事。”他的语调温和有力。

我着魔似的点了下头。

“今天就出发去亚力克星，一刻也别耽搁。”

6

星际特快列车窗外的景色乏善可陈：浓重单调的黑暗仿佛无始无终，只能看见芝麻大小的星星发出微光。

抵达亚力克星需要两个星期，这意味着我将在列车上独自度过新年。在我启程的第一天下午，馆长打来了卫星电话。那会儿我正喝着车里提供的免费咖啡。

“新年快乐，苏小姐。”他的声音听上去有些低沉，但语气友好。

“新年快乐，馆长。”

“这是第一次长途旅行？”

“也是第一次在旅行中过年。”

“辛苦了，往后的十几天也请忍耐。”馆长沉吟片刻，慢慢开口说，“要不是得守着日记馆，我就陪你去了。”

“光是单程就足足两周啊，”我笑了，“我一个人去没问题，你没必要花时间做没效率的事。”

“建立感情这种事，就是最没效率的。”他急着说服我，不自觉抬高了音量，“科技已经让人类很快了，我想在与你的联结上，慢一点。”

我想起了那只轻轻放在我肩上的手。那温暖仿佛有其形状和重量，像一只小猫仔趴在肩头。我开口道：“所以你才喜欢日记馆嘛。”

“是的，日记是缓缓流动的情绪和记忆。我希望人们能亲自去看，去听，去嗅，去感觉，去经历，不要让科技替你做，因为正是它们构成了你个人的独特的鲜活的记忆。它们构成了你。”

它们构成了你。这句话轻微却持续地撞向我的意识深处。我将目光挪到窗外，觉得自己从未如此思念胡密。在浩瀚无垠、极致孤独的宇宙中，我试图紧紧地抓住什么。

7

胡密说得没错，亚力克星球显得原始而纯粹。这里地广人稀，长满白草的地面上点缀着五颜六色的小屋，不远处有笔直的海岸线。停步驻足，能感受风带来混杂着草香的潮湿气息。我将新鲜空气吸进肺里，每一次呼吸都变得心旷神怡。走了很久，我也没看到任何公共设施和娱乐场所。亚力克星宛如人类初期居住的部族。

我喊住一个和我擦肩而过的路人，询问谭尧和胡密的住处。他的身型和样貌同地球人无异，但额头中央有个硬币大小的圆环。圆环不间断地发出微弱的白光。他用磕磕绊绊的普通话向我指明方向，脸上从始至终都挂着微笑。

我很快便望见了那块种着西蓝花的菜畦。菜畦旁边，一个男人正从天蓝色的小屋里走出来。哪怕对方手里握着背篓和锄头，我也一眼认出他是谭尧。

“谭尧！”我兴奋地呼喊他，“胡密呢？”

谭尧的脸上闪过一丝错愕，随即面容舒展开来。他放下农具，推开那扇“咯吱”作响的木门：“苏力娜，我等你很久了。”

房间里没有胡密，只有床、桌椅、餐具和农具这类最低限度的生活用品。谭尧从唯一的桌子上拿起一个笔记本，郑重地递到我手里，语气一如既往的干净利落：“这是谭尧给你的遗物。”

我被钉在了那里。

“只有去世的人，才能不受规定次数限制，把写给亲朋好友的日记作为遗物送回地球，但我被困在了亚力克星，回不去了。苏力娜，日记馆里的日记是我写的。密密很早就病了，病得很重。她不想让你担心。我一直相信，你察觉漏洞后会亲自来这里找密密……”谭尧的声音在我耳边变得微弱遥远，我死死地盯着他的脸，却又觉得目力所及之处空无一物。

8

返回地球途中的前三天，我一直在星际列车里蒙头大睡。我关掉顶灯，戴上眼罩，睡了个昏天暗地。醒来后饿了就机械地咀嚼冷透的汉堡，口渴便用寡淡的咖啡润喉咙。其间馆长一直试图安慰我。卫星电话接通后他打声招呼，接着便陪着我陷入长久的沉默。哪怕是最伤心的时候，我也没掉一滴眼泪。

我决定阅读胡密写给我的私人日记是在第四天。翻开日记本后，我一眼便望见了扉页上画着的漫天烟花。那些用彩色铅笔画的烟花如此平凡普通，却如一只只猛虎咬住了我。我看见胡密点燃“篮球”形状烟花的引线，我听见烟花上升时伴着如啮齿动物发出的尖细声，我闻到黑暗夜空散发出的硫黄味，我触碰到胡密温暖的掌心。

胡密在“烟花”下面写道：

“力娜，那些绽放过的烟花，最后并不会消失。那些如烟花一般绽放的记忆，会成为粘在我心底的一颗明亮的星。绽放过的烟花，都变成了一颗星。”

我不顾旁人的侧目和白眼，拼尽全力大哭起来，那持久而尖利的哭声几乎穿透星际列车冰冷的外壳。我这才明白，自己从未孤独，就像浩瀚宇宙从未孤独，星星是宇宙的记忆。

复制城市

把所有的时间给别人，或是所有的时间只属于自己，
都是孤独的。人不应该孤独得这么彻底。

1

我记得很清楚，身处的城市不太对劲是在上周四。

那天晚上七点半，由于用来练毛笔字的墨水用光了，我便走出家门去买墨水。

走了几条街，我也没见到一个人影，城市里的居民仿佛是被粉笔擦抹去一般，但奇怪的是，处处都显示着人们刚刚离开的痕迹：地上时而出现一个公文包，一杯冒着袅袅热气的外卖咖啡，一个精致昂贵的女士手提袋——拉链打开，包里探出手机的一半。除此之外，地上还散落着各式各样的书包，随意歪倒在道路上的单车，搁在户外餐桌上吃了一半的盒饭。

我纳闷地走进路边的一家面馆。前台炉灶处的笼屉里不断升腾起雾气，面条在旁边的大锅里打转，热水眼看就要溢出来。

“老板，在吗？”我大声招呼道。

空空的房间里无人回应。

我走出餐馆，迎接我的是更为广阔、巨大的寂静：机动车道上的汽车紧挨着，如同一只只静卧在街道上的巨型甲虫，车里空无一人，有几辆车内甚至传出引擎点着的声响。平日的喧闹消失无踪，失去司机和乘客的公交车好似被人遗忘在街道上的长面包。

“喂，有人吗——”我将双手合成喇叭状，放在嘴边高喊道，“有人吗——有人请回答我——”

“喂，有人吗——”

“有人吗——有人请回答我——”

一阵刺耳的引擎声从我耳边擦过。

我猛然转过身，用目光追寻那个声音。与我隔着大概半条街的地方，一个骑着摩托车的男人正灵活地穿行于汽车和公交车之间。

“嘿，你好！我在这儿！”我用力喊道，并拼命地挥舞双手，好似一个受困于孤岛，等着他人营救的难民。

不知道男人是没听到我的声音，还是故意充耳不闻。摩托车驶到一个路口，拐了弯。

我正要追过去，身后忽然传来了一个声音：“你要吃面吗？”

我转过身，看见背后的面馆门前站着一个拿着长柄汤匙，系着围裙的厨师。厨师又红又胖的脸上堆满了笑容。他重复了一遍刚才的话：“你要吃面吗？”

“你是什么时候出现在这里的？”好半天我才从嘴里挤出这句话。

“姑娘，你在开玩笑吧？”厨师用汤匙敲了敲身边翻滚着面条的大锅，“从中午开始，我就一直守着这口锅，已经煮了五十多碗炸酱面了。倒是你，一直站在店门前却不进来，还冲着空气大声嚷嚷着什么。”

我的视线慢慢地滑进店里，只见每张餐桌前几乎都有人落座。他们或是高谈阔论，或是安静地吃面，没有任何证据表明他们刚才消失过。

身后突然响起此起彼伏的喇叭声。我转过头，发现汽车和公交车无不已停在红绿灯前，车内的司机与乘客百无聊赖地等着。行人走在街道两旁，有单车不时从视线里闪过。一切都和平常别无二致。

我咬咬牙，迈进面馆，吩咐厨师道：“师傅，来碗面。”

“饿了吧？”他笑眯眯地问我。

“不，压压惊。”

2

从那以后，我发现城里的人每天都会莫名其妙消失一个小时，不是几个人，一些人，而是所有人。时间是晚上七点到八点，一秒不差，一分不少。

确切地说，使用“从那以后”这个词语并不准确，毕竟这种古怪的情况到底从何时开始，我并不知晓。我只是在上周四的晚上偶然发现了这一现象。

很早以前，我就养成了制订计划、管理时间的习惯，不说如机械表一样精确无误，但至少我能说出一天的某个时间段，自己和谁，在什么地方，做着什么事。我脑子里的时间好比一辆行程安排有序的地铁，沿途选择哪条路线，哪些站点该停留，我都会严格遵守既定的轨迹。

晚上的七点到八点，原本是我坐在书桌前雷打不动的书法练习时间，要不是那天墨水用光了，我也不至于走出家门，撞见空无一人的城市。

某个晚上的七点钟，我像往常一样出门，寻找城市里失踪的人们。既然上次我见到了一个骑摩托车的男人，那就说明还有人和我一样并未从城市里消失。我带着这样的预感，走到了一幢宏伟的高层写字楼前。

“没有生命力的事物，很恐怖吧？”一个清瘦的男人忽然从大楼一侧走出来。

“终于见到人了！”我看着他，惊喜地喊出来，心情能和鲁滨逊在孤岛上发现星期五相媲美。

“人流和车辆本是为城市输送血液，为城市注入生命的必要因素。现在的城市，不过是没了生命力和灵魂的空架子罢了。”他喟叹一声，朝我伸出一只手，“我叫许俊森，很高兴见到你。”

“你好，我是林如织。”我握住了那只手。在空旷无人的街道和他握手委实奇妙。那手掌带着一股温暖的力量。

“我发现了一些线索，要一起来看看？”他温柔地说。

我点点头，这才发现许俊森的眼睛下挂着两个浓重的黑眼圈。

3

许俊森带着我绕到写字楼后面，穿过几条小巷，最后来到一幢砖石结构的废弃工厂前。工厂旁的古老榕树下，整齐地停靠着数十辆摩托车。摩托车的样式让我觉得异常眼熟。

“现在是巡逻队的工作时间。只有这个时候，我们才能进入他们的老窝。”许俊森几步跨上门前台阶。

“巡逻队？”我疑惑道，“进入工厂之前，能先告诉我是怎么回事？”

“‘巡逻队’是城市里的治安警察。”许俊森转身看向我，“不同的是，他们不是负责维持城市秩序，而是保证城市里空无一人。”

“什么意思？”

“意思是如今的我们是高危人群，随时有被巡逻队抓住的危险。”许俊森手指榕树方向，“看见那些摩托车了吗？它们都是巡逻队的。”

我猛然想起上次在面馆前呼啸而过的摩托车，立刻明白了它们看上去如此眼熟的原因。我追问道：“每天七点到八点，城市里的人到底去了哪儿？他们为何会平白无故地消失？”

“不知道，”许俊森摇摇头，一脸的倦意和困惑，“唯一可以肯定的是，人们绝对不会平白无故地消失，没准这里面隐藏着阴谋。”

许俊森发现城市的异样是在一个月以前，比我还要早两周。

他是一名重度失眠症患者。平时工作没问题，但一旦回到家，时间就变得极难打发掉。他尝试过很多种方法：阅读、冥想、听音乐、做运动，甚至尝试了心理医生提议的催眠疗法，但仍旧触动不了体内的睡眠神经。因为失眠症，许俊森养成了不停看表的习惯。而越是担心得不停看表，越是更难入睡。就在一个月前，他像往常一样站在阳台上眺望城市街道时，惊讶地发现城市的人流和车辆停止了运动，仿佛城市的脉搏停止了跳动。

“三天前，我跟踪一名巡逻队的人来到了这座工厂。”许俊森的脸上挂着悲哀与无力，“和他一同来的还有一个女孩，但走出来的却只有他一个人。”

我默然无语。

“你还要跟来吗？”

“当然。”我毫不犹豫地迈步走上台阶，看见他疲惫的眼睛亮了一下。

4

偌大的工厂内，有一块一整面墙大的玻璃。“玻璃”上实时播放着熟悉的城市街景：住房、树木、公共建筑等。与他们身处城市不同的是，上面的城市里到处散布着身穿蓝色连体工装服的人。他们的手里无不拿着呈羊角形状的遥感器，操控着一旁状似挖掘机的机器人。

“这是什么？”许俊森指着大屏幕问我。

“全息交互屏幕，它能提供空中动态显示。瞧，这是成龙大道上的固隆商场。”我上前几步，指着屏幕上一幢高层建筑，“固隆商场周围是市体育馆、博物馆和中央广场。这些图像都是由卫星定位系统拍摄而成。”

“这我知道，我是说那些穿蓝衣服的人，他们是怎么回事？”

“你能出去验证一下？”我熟练地用手触动屏幕，在上面实时定位出我俩的当前位置，“喏，我们在这里。屏幕上显示，出工厂的这整条街道上，分布着不止二十个穿蓝色工作服的人。”

“好。”许俊森点点头，走到门口时又转身问我，“林如织，你怎么知道这些？”

“我的时间都是经过精确划分再合理利用的。每天我会花两个小时学习现代科学知识和技术。”我停下操控屏幕上众多窗口的手，抬头看向他。

他竖起大拇指冲我晃了晃，转身离开了工厂。

浏览过程中，我发现与上次面馆隔着一条街的地方竟矗立起了一幢高楼，高楼建了一半，外观呈水母般的透明状。可我敢肯定，现实里并不存在这幢高楼。一个可怕的想法突然抓住了我。

十分钟后，许俊森面色沉重地出现在我面前。他震惊地告诉我说：“林如织，外面没有一个人。那些穿蓝色衣服的人，到底是怎么显示上去的？”

“你出去以后，我也并没有在屏幕上看见你。”我盯着他道。

“也就是说，屏幕上的城市虽然看上去和我们的城市一模一样，但却并不是我们身处的城市？”

“看看这个。”我将屏幕切换到了城市的近郊，那里显示着半个正在施工的人工湖和即将竣工的湿地公园。里面穿蓝色工作服的人和大型机器人比市中心的数量还多。蓝衣人利用手里的传感器指挥机器人，让他们进行高效快速的推土、挖掘和建筑工作。

“木鱼人工湖和五国湿地公园，不是早已竣工了？”许俊森瞠目结舌。

我点点头：“某处，某人，在复制我们的城市。”

5

工厂的大门忽然被撞开，一列由二十人组成的纵队跑步进入了房间，皮靴在地板上踢踏得震天响，团团灰尘也腾腾升起。还没等我和许俊森反应过来，队伍已挡在我们面前，快速地形成了一面密不透风的人墙。

我看了看戴着头盔、身穿兵装、腰间别着手枪的卫兵队，转身与许俊森面面相觑。

“好啦，散开来，别吓着我们未来的希望啊。”一个语调欢快的年轻声音从卫兵队身后传来。

闻言，排成一字形的卫兵队从中间断开，整齐地分向两边，在工厂内形成了一个八字。一位穿着科研人员专属白大褂，长相英俊的青年走过来。他强迫症似的站在“八”字中央，脊背挺直。

“我是阿索博士。”他望着我和许俊森，客气地微笑道，“两位是？”

"林如织。"我回答道。

阿索博士抬眼将目光移向许俊森。

"许俊森。"

他沉静地笑了一下，命令卫兵道："将林如织和许俊森关起来。"

我和许俊森被锁进了工厂内的一个弃用房间。

房间里仿佛生了一场皮癣，处处都是剥落的墙皮，且混杂着一股灰尘与潮湿的怪味。地上随意堆放着早已腐烂发黑的木板条，窗户被钉死，铁窗框已经彻底生锈。

我俩找了个空地方坐下，久久地陷入各自的思绪里。

"你听说过'生物圈 2 号'计划吗？"良久，我打破沉默。

许俊森摇了摇头。

"一个叫作约翰·艾伦的美国人在 1987 年发起的。"我解释道，"'生物圈 2 号'的目的是研究地球生态环境，以便在外太空的众多星球里模拟出来。"

"就像复制地球一样？"许俊森相当聪明。

"是的，"我继续说，"1991 年，8 名科学家走进了位于美国亚利桑那州的'生物圈 2 号'，里面有雨林、海洋、荒漠、草原和沼泽五大生态系统。科学家在那个密闭环境里生活，试验这种方式是否可行。他们呼吸的氧气由植物提供，粮食自己播种，蛋白质和肉类则来自于饲养的牲畜。"

"成功了？"

"仅仅持续 2 年左右就宣告失败了。"

“所以，”他扭头看向我，“复制城市或许也是基于同样的逻辑和原因？”

“很有可能，”我沉思道，“可现在是 3018 年，今非昔比，科学技术早已经大幅度提升。”

“但为什么我们的时间没被拿走？”许俊森思考片刻后问。

“不清楚啊。”我喟叹一声。

“林如织，能问你一个问题？”他的眼睛里忽然有了一股深深的悲哀。

“当然可以。”

“时间对你来说是什么呢？”他认真地问。

“对我来说，是道德。我觉得浪费一分一秒都是违背道德的事。”我毫不犹豫地答道，又问他，“你呢？”

“时间是痛苦。对于一个患了重度失眠症的人来说，一分一秒都是痛苦。我想睡觉，脑袋放空，什么也不想，拿掉所有的意识和思考。”

我犹豫了一会儿，接着握住了许俊森的手：“没事的，一定会有办法。”

他注视着我，眼睛在微弱的光线下熠熠发亮。

我们默契般的不再说话，只是在静默中坐着，谁也没松开对方温热的手掌。

我第一次对时间撒开手，没有目的，不做计划，只是任由时间慢慢流淌，但我心里却注入了什么。

卫兵打开门的时候，许俊森温柔地低声安慰我道：“别害怕。”

6

这一次，我俩来到了一个四面墙都装有全息交互屏幕的小房间里。房里只有阿索博士一个人。

“抱歉，刚才必须把你们关进去一次。”他的笑容像是画上去的，既草率又虚假，“毕竟你们私闯研究中心，总得做给上面的人看看。”

我和许俊森谁也没说话，但阿索博士并不在意。他慢慢地踱到全息交互屏幕前，用手指拉开一张张纸一样的透明屏幕。屏幕上转眼切割成几十个实时场景。每个场景内，都或多或少地分布着蓝衣人和大型机器人，他们无一不在卖力地进行建筑作业。

“林如织，你之前的推测是对的，我们的确是在复制城市。这个项目叫作‘劳动力可持续发展’计划，”阿索博士将眼睛转向我，目光出奇的柔和，“不过，并不是简简单单的复制一处或者几处，甚至不是一个星球或几个星球。”

我和许俊森交换了下眼神。

阿索博士在面前的椅子上坐了下来：“那些在每晚七点到八点被拿走时间的人，事实上，组织对他们进行了量子传输。”

“量子传输是什么？”许俊森插进来。

“简单来说就是‘超时空穿越’，人和物品可以不需要任何载体携带，在一个地方消失后，又在另一个地方瞬间出现。”我一边向许俊森解释，一边紧盯着阿索博士，“所以城市里的人才能在这么快的时间返回是吧。那他们的记忆呢？”

“被洗掉了。”阿索博士微微一笑。

“你们在未得到人们允许的情况下，擅用他们的时间，还清除他们劳动过的痕迹和记忆！”我不自觉地提高了音量。

“林如织，永远记得，别在享受便利和舒适的同时，还责怪替你带来好处的人。”阿索博士依旧笑意盈盈，“难道你以为，你目前居住的地方是工人建造的？它不过是其他星球的地球人用一小时建造的。”

“其他星球？”我震惊不已。

“没错，我们先得复制地球，才能复制城市啊。”阿索博士站起了身。

“生物圈 2 号，实现了。”许俊森震惊地看向我。

7

如果真的存在真相的话，我绝对是最不愿掌握真相钥匙的人。听阿索博士的描述，“劳动力可持续发展”计划在我脑子里如地图一般逐渐成形。

早在二十一世纪，全球变暖、森林锐减、土地退化和城市问题盘旋在地球上空。那时候，人类就已经提出“可持续发展”计划，但效果微乎其微。经过一个多世纪的探索和科研，科学家大胆地提出了很多计划和建议，其中一项就是挖掘类似地球的行星，将其打造成模拟地球生态环境的“地球 1 号”“地球 2 号”等。

一些土生土长的地球人将会离开母星地球，被量子传输到其他行星，进行复制地球计划；并按照最美最优城市模板，打造出另一批一模一样的城市。但复制后的地球亟待解决的问题是人力，虽然有能动性极强的新型机器人可供使用，但必须派遣一部分人类去协助和指挥它们。因此，阿索博士牵头实施了“劳动力可持续发展”计划，即“借用”已经定居于复制地球上人类的时间，让其充当开拓者，去支援其他未建造城市的新地球。

“想象一下你们见过的海洋动物园吧。人类曾经只能用大型玻璃缸给企鹅营造所谓的南极环境，而现在的我们，可以让企鹅身处另一个南极。”阿索博士看着我和许俊森，心满意足地笑了。

“为什么只有我和林如织的一个小时没被拿走？”许俊森问。

“我们留下了时间观念特别强，或者是对时间的感知力不同常人的人。比如你，惜时如金的人，”他的目光看向我，“比如你，能二十四小时不睡觉的人。”他的目光重新落回许俊森脸上。

“上次你们抓走的那个女孩，也是这样？她去了哪儿？”许俊森追问道。

“总不能让复制的城市和先前模板一个样，再好的东西看多了也会腻。”阿索博士显然是个擅长用轻蔑笑容消解所有提问的自大狂，“所以我们准备打造多样化的城市模板，比如以时间为主题的‘时间城’。”

“时间城？”我的声音有些颤抖，“你把我们当成了展览品和试验品？”

“展览品和试验品是外部环境。林如织，你能说你居住的城市不是规划和试验出来的？你只需过好你的个人生活就是了。”

“我不会去时间城的。”许俊森冷静果断道。

阿索博士第一次停止微笑，将一对锐利的目光射向他。

“把我的时间拿去怎么样？”

阿索博士的目光由尖锐变成了好奇。

“什么‘劳动力可持续发展’计划，什么地球1号，地球2号。复制城市也好，复制地球也罢，对我来说通通都无所谓。只要拿走我的时间就行，”许俊森激动地盯着阿索博士，“你都拿去好了。我有二十四个小时，能分别给到二十四个城市。”

“你疯了吗？”我冲许俊森怒吼道，“他们不仅会拿走你的时间，还会清除掉你的记忆。”

“无所谓，一年前女朋友意外去世后，我就睡不着了。从那天起我就明白了，失去一个人，原来可以让另一个人的整个世界都变空，就像没有车辆和人流的城市一样，只不过是个空架子罢了，我也只不过是个没有灵魂的空架子罢了。”许俊森慢慢地退到墙角，接着像个破布偶似的瘫坐到地上。

我看着他消瘦的面孔和浓重的黑眼圈，觉得好似整个世界的重量都压在我的心上。

“许俊森，是去时间城，还是把时间均摊给其他城市，你自己选。而你，林如织，待会儿卫兵会带你去量子传输门。咱们‘时间城’见。”阿索博士转过身，不再看我们。

我慢慢地走向许俊森，在他面前蹲下来：“把所有的时间给别人，或是所有的时间只属于自己，都是孤独的。人不应该孤独得这么彻底。”

他默默地看着我，表情乖巧而认真。

“许俊森，和我一起走吧。你忘了，在这个没有车流和人流的世界里，你并不是一个人，你遇到了我呀。我也一样，一直一直我都是一个人。”我向他伸出手，“你愿意和我交换孤独吗？”

沙海

爱情不应该拿来和财富比，爱情就是最宝贵的财富。

1

“在你心中，我最宝贵吗？”吕露将半张脸贴近我的胸口，用食指在我小腹上画着圈。

“当然，你比珍珠还要宝贵一百倍。”我眺望着远处的海平线，摩挲了两下她裸露在外的右胳膊。

“话可别说太早。”一个背包扔在我面前，接着出现了一对笔直的长腿、橙色比基尼、红嘴唇、镶钻的太阳镜和亚麻色大波浪卷。

珠珠在我旁边坐下，啜了口手里的冰镇柠檬茶：“在财富面前，爱情经不起考验。”

诺博海滩上零星散布着二十来个人，海里时不时地探出一个戴着泳镜和泳帽的脑袋，近海处已有三个年轻人玩起了冲浪板。他们轻松地驾驭着浪头，姿态优美娴熟。

“我的能。”我觑了一眼手腕上的防水手表，起身寻找带来的白色帆布袋。

“那是因为你见到的财富不够多。”珠珠冷笑一声，语带嘲讽。

吕露随身起立，拉了拉我的手，我心领神会地冲她点点头。

此时是上午九点，再过一个小时，诺博海滩就会像刚下油锅的牛排一样沸腾起来。

每年夏天，居住在各个星球的人们都会前来此处消暑，排列在海滩上的摩托飞艇密密麻麻，能形成一段望不到尽头的长矮墙。这次来诺博海滩，除了消暑，也是为了让吕露的朋友珠珠散心。

珠珠的男友强子在三个月前莫名失踪了。

事情谈起来颇有点天方夜谭，那天她和强子去环游W星球，就去洗手间的工夫，强子不见了踪影。他的摩托飞艇上悬挂着六个黑色塑料袋，把手上各两个，车尾上两个。每个塑料袋里都装着满满一袋珍珠，货真价实的珍珠。

W星球小而荒僻，珠珠花了两天时间寻找强子，一无所获。她发了财，却失去了交往快三年的男友。自那以后，珠珠变得有些神经质，逢人便提出财富和爱情的选择难题，大多数朋友表现出理解和宽容，尽力配合她，权当安慰。

我在遮阳伞旁找到了帆布袋，里面装着我的潜水服、呼吸器、气瓶、头套、面镜等潜水设备。

我提上袋子，和吕露和珠珠说了声“待会儿见”。那会儿她俩已撑开躺椅，躺在上面晒起了日光浴。

2

我提上帆布袋，去海边寻找中意的潜水位置。在几排低矮的黑色怪岩之间，我一眼就看中了一个独特的潜水区域。十几块光滑的岩石只露出黑色的圆顶，形成一个半月形，如同栅栏一般围出了一片水域。

就它了。我穿上潜水服，戴上面镜，调整好呼吸管。所有潜水设备均检查无误后，我手握深度表，迈入那片水域，开始缓慢下潜。

下潜到二十米。形态各异、五彩斑斓的鱼儿从我眼前游过。

四十米。我看见珊瑚礁周围成片的浮游藻在青蓝色的海水中左右摇晃，仿佛在向我招手示意。我的耳朵在承压方面表现良好。

六十米。我的视线里忽然出现了一个庞然大物。刚开始我以为是鲸，但很快被我否定了。鲸不会如此静默不动，形态也远不是眼前物体一般规则而瘦长。等离得近点，我才看清那是一根又长又粗的管道。管道有十米左右，上面覆满了铁锈和海洋微生物。

我游到管道前往里窥看，除了汩汩流动的海水外，里面别无他物。管道的直径超过了一米，足够一个成年人通过。我愣了一会儿，旋即游进了里面。

游到一半的位置，我突然感受到一阵突如其来的剧烈摇晃。难道是海底火山爆发？一瞬间，我的脑袋仿佛炸裂开，胸口似被一块巨石压扁挤碎。我不得不停下来，瞥见压力阀和深度表的指针正发疯般左右摇摆。必须从这里出去。我死守着这一念头，强忍着不适和恶心，拼尽全力从管道的另一端游了出来。

一切如常。海底照旧如往日般静谧深邃，管道与我初见时毫无二致。我低头查看，压力阀和深度表已恢复正常。

真邪门。我在心里嘀咕一声，继续向前游去。约莫游了一刻钟，一丝不安渐渐地笼罩在我心头。海里太过安静，景物也太过单调。这段时间里，我没见过一株海底植物、一片珊瑚礁，甚至是一条小鱼。我的身下除了沙子还是沙子，那是绵延不断的沙之平原。沙子里时不时地闪现出一道亮光，反射到我的面镜上。我慢慢下潜，奔向沙堆，企图看清那些亮光来自哪儿。

是珍珠！

一颗颗饱满圆润的珍珠埋在沙子里，有的掩埋了一半；有的只露出三分之一；还有的整个都露在外面。每粒珍珠都熠熠生辉、光彩夺目。

我瞠目结舌，继续向前游去。这一定是世界上最为壮丽和美妙的沙堆。与其说我的视线追逐着沙子中的珍珠，不如说它们争先恐后地跳入我的眼眶。那些晶亮、美丽的珍珠像毛孔一样遍布于沙子上。

3

我往潜水服的裤兜里塞满珍珠，想着尽快将这个好消息告诉吕露。我迫不及待地向上游去，兴奋和狂喜让我忘记了疲惫。此时气压表提醒我说，氧气瓶中剩余的空气只能让我继续在水下呼吸一个半小时。

将脑袋探出水面后，我傻眼了，远处既没有自己下水处的黑色岩石，也不见诺博海滩。我的视线里仅存一片无限延伸的深蓝色海水。我望不见海岸和人群，听不见海鸥的鸣叫声和船只的马达声。世界只剩下天空和大海。

我不得不重新潜入水中，打算原路返回。返回路程中，我刻意避开了那根管道。我谨慎地从它身边经过，游到头时脑袋突然撞在了某个硬物上。

水墙？我心里一沉。

早在学习潜水期间，教练就告诉过我，某些不明水域中会出现水墙。水墙看不见、摸不着，但它实实在在地存在于海洋中。无人知其长，无人晓其宽。它像是横亘于海底世界的一面透明厚玻璃，阻拦海洋生物和潜水艇成功通行。直到现在，它的形成原因也尚未知晓。

我展开手臂和双腿，动用四肢触摸这面看不见的墙壁，确认它是水墙无疑。可自己刚才明明畅通无阻地游过了这片区域，根本没遇见什么水墙。我转过身，将目光投射到那根管道上。难道自己无意中经过管道后，开启了水墙的入口？现在它又自动封锁了出口？

这一猜测让我不寒而栗。眼前的海洋仿佛成了一个硕大无朋的鱼缸，我成了里面唯一的生命，一条无法抵达岸边、也无法停止游泳的鱼。

我在这片仅存珍珠和沙子的海域下潜游了半个小时，其间我探出过水面三次，但每次都无不失望地发现，眼前只有海和天空。永远是海和天空。

海上看不到岸，海底游不到边。我迟早会消耗掉氧气瓶里的氧气，带着绝望和恐惧溺死在这里。

不知过去了多久，我感到脚底下厚重的沙子在翻滚、搅动和摇晃。眨眼间，我被沙子狠狠地绊了个趔趄。我趴在地上，看见眼前的沙子在不断地增高变宽，最后如巨人般站立起来。顷刻间，一个接一个的巨型柱子巍然耸立。沙子形成了一个机械工厂，不停加工、生产，复制出更多的柱子。它们又粗又高，好比连接房顶与地面的廊柱，它们支撑着海面与海底。

我怔怔地注视着眼前的场景，失掉了所有意识和语言。

四周逐渐暗下来。随着沙柱的不断增加，海洋面积在不停锐减。沙子源源不断地形成巨型沙柱，仿佛是为了填充海洋。当头顶上接二连三掉下成堆的沙子后，我才猛然醒悟，自己正在被海洋中的沙子活埋。

我开始快速朝着有海水的地方游去，周围的沙柱立刻朝我移来，似要把我推死挤瘪。我更加卖力地摆动手臂和双腿，直奔头顶上唯一发出光亮的地方。

4

我脱掉面镜、蛙鞋和潜水服，坐在沙子上大口喘着气。就在一秒前，最后一滴海水消失在我的右脚脚后跟处。如今，我的眼前变成了一望无垠的沙漠。除了沙还是沙，取之不尽、用之不竭的沙。

沙漠取代了海洋，这无疑是走向了另一条死路。我往沙子上吐唾沫，用最难听的脏话咒骂这个世界，接着开始放声哭嚎。

发泄完后，我重新穿上潜水服，拿上潜水用具，拖着步子迈入漫无边际的沙漠中。

我的胸腔隐隐作痛，喉咙干渴难耐，身体软绵绵似被操纵的玩偶。我只记得脑袋眩晕的那一刻，自己一头栽倒在沙地上。柔软的沙地，让人安眠的沙地，像温暖的床，像吕露的拥抱……

有水打湿了我的嘴唇和脸。我伸出舌头，贪婪地舔着沿鼻梁流至嘴边的水。

“宁泽……”有人在一遍一遍地呼喊我的名字。

我睁开眼，视线中出现了吕露和珠珠，以及停靠在她俩身后的两辆摩托飞艇。

“宁泽，你真的在这里。”吕露轻拍着我的脸，满眼写满了担忧。

“见到你真好。”我朝她笑了笑，心里生出一丝死里逃生的快慰。

珠珠看了我一会儿，接着往我手里塞了一瓶水。

我道了谢，坐起来大口灌下半瓶水，缓口气说：“这地方太邪门了。前一秒还是海洋，后一秒就成了沙漠。我先是差点被淹死，后来又差点被沙子活埋。”

“这个地方叫沙海星球。”珠珠漫不经心地说。

“沙海星球？”

“在博物馆里，总能看见一些被围起来的古老器物，并被提醒不准靠近、不准拍照，对吧？沙海星球便类似那种只能观看，不能靠近的地方。因为它总是变来变去的。”珠珠问我道，“你潜水的时候有经过一条管道？”

我点点头。

“那是海里通往沙海星球的门，而且是单向门。”

“单向门？”

“意味着一旦开启，就不能原路返回。”

“在你潜水后不久，我收到了一封匿名邮件，里面提示我说你有危险，并显示了你的定位，”吕露插进来，“我便立马拉着珠珠骑摩托飞艇离开了诺博海滩。果然，我们看见了穿着潜水服在这片沙漠上行走的你。”

“一个人在沙漠中潜水？简直太好笑了。”珠珠突然兀自大笑起来。那笑声浮在空旷萧索的沙漠上空，听上去异常干涩刺耳。

“是谁发送的那封邮件？”我将视线投向吕露。

“不知道。”她摇头。

“是沙海星球。”珠珠收起笑容，一张脸瞬间变得煞白。她压低声音，像在谈论某种瘟疫。

我望了珠珠一会儿，随即起身拍掉沙子。

“我们走吧。”我走向摩托飞艇。

“宁泽，那是什么？”

我转过身，眼睛追随着吕露手指的方向。就在一片稍稍凹陷的沙堆里，躺着十几颗白亮的珍珠。

5

我将手伸进潜水服的裤兜里，确信沙子里的珍珠来自其他地方。

“这里怎么会有珍珠？”吕露走向沙堆,蹲下身拾起一颗珍珠。

“刚在海底我看见了一片奇异的景象。海底的沙子里有无数颗珍珠。”我来到她的旁边，惊讶地猜测道，“一定是海里的珍珠被带到了沙漠上。”

“这些都是真的珍珠？”吕露天真地问。

“当然。亲爱的，不出意外的话，我们发财了，”我大笑道，“这一定是老天爷给我的历险回报。”

我从沙子里挑出珍珠，拿面镜的绷带扎好潜水头套的一头，将珍珠放入里面。我数了数，一共是十三颗。

“拿上它们快走吧，总觉得这里怪瘆人的。”吕露有些担心。

“等等，既然这里有珍珠，其他地方指不定也有。我们有摩托飞艇，还怕走不了？”我拉着吕露大踏步来到两辆飞艇前，冲珠珠道，“你也上车，咱们搜寻一圈再走。”

“我不去。”珠珠冷冷地望着我，“之前我已经说过了，这地方变来变去的，很危险。”

“危险什么时候真正逮住过我？”我皱眉道，“那你在这里等着。”

珠珠从鼻子里冷哼一声。

“吕露？”我拍了拍飞艇的后座。

她犹疑了两秒，最终坐上来，抱紧了我的腰。

我发动引擎，看着仪表盘上的指南针，往沙海星球的南方飞驰而去。

没过多久，在茫茫的沙海中，我看见一座沙丘下侧躺着一个人。我慌忙按下刹车，惯性险些把我和吕露从飞艇上甩下来。

“在这儿等着。”我关掉发动机，朝那个人走去。

虽然看不清相貌和年龄，但从体形和轮廓判断，此人是一个成年男人。他从头到脚都沾满了沙粒，好似披了一层薄薄的沙衣。男人微张着嘴唇，表情扭曲而怪异。他的瞳孔定格成了两个塑料圆片，那里的光被抽走了，只留下恐惧、惊叹、不舍和绝望的残影。

我将手指放在男人的鼻子底下，不出所料，他早已停止了呼吸。顺着他的目光看过去，我发现了五颗珍珠。极有可能在临死之前的几秒钟，他还在观赏和赞叹珍珠的美。

“老天啊……”

我猛然转身，看见吕露双目圆睁，用手捂住了嘴。

“你怎么来了？不是让你待在飞艇上吗？”我责备道。

吕露眼神里的惊恐在继续放大。她移开捂嘴的手，缓慢地指向我的身后。

我转过身，看见一撮沙子忽然自男人后背落在了他的脸上。我以为是风吹来的，却又并没感受到风吹过的痕迹。等再次定睛细看时，我禁不住倒吸了口冷气。

沙堆里不知什么时候长出了十几只由沙子做成的手。手有成人手掌大小，连着一小截手腕。十几只“沙手”正捧起面前的一堆堆沙，动作缓慢地盖在男人身上，直到他的头发、五官和身体完全被沙子覆盖，直到他变成一座沙雕。

我迅速抓走沙人跟前的五颗珍珠，牵过吕露的手，飞快地朝摩托飞艇跑去。我俩跳上摩托飞艇，快速离开了这里。

6

“快走，快！”我将飞艇停在珠珠面前，来不及下车，急声催促道，“这鬼地方的沙子是活的！”

“你看到什么了？”珠珠的目光不疾不徐地扫过我。

“先上车！”我怒骂一声，跳下飞艇，将她推到另一辆飞艇前。

终于，空气中响起令人欣慰的隆隆马达声，飞艇底下的气垫在沙子里微微震颤，却迟迟不肯起飞。

“见鬼。”我骂道，低头看见了气垫下不断伸出的一根根沙子做成的触须。那些触须像章鱼身上长满吸盘的腕足，将飞艇牢牢地焊在沙地上。

“宁泽！”吕露尖叫道，“这些沙子不肯让我们走。”

几根拇指粗的沙状触须爬上了气垫，接着，更多更长的触须如顺墙而爬的藤蔓植物一样攀附上来。它们先是牢牢地缠住飞艇的车身，然后是我的腰和胳膊。

我试着用手把触须从胳膊上掰开，但它反倒勒得更紧。疼痛沿着我的胳膊弥漫至全身，我疼得龇牙咧嘴。此时，装在我裤兜里的几颗珍珠被挤了出来。它们滑下飞艇，刚掉在沙子上的瞬间，触须纷纷移开了。我俯身去捡拾掉落的珍珠，触须又立马复归原位。这一次，它们抓紧飞艇大力摇撼，使出愈发强劲的摧毁力量。

“丢掉那些珍珠！”珠珠突然大声提醒我，“丢掉它们，它们属于沙海星球！”

我又狂躁又恼怒，大吼道：“凭什么？”

“想要那些珍珠也行，但得用爱情来换。”珠珠看了一眼吕露，大声问我，“你有勇气丢掉吕露？能丢掉，就带走那些珍珠。”

“胡说八道！我为什么要相信你？”话音刚落，我屁股下的飞艇猛然一沉。底下的沙子不知什么时候刨出了一个大坑，触须正将我和吕露用力往下拖。

“为什么？”珠珠的冷笑让我头皮发麻，“强子就是死在这片沙漠里。”

我望着视线里不断升高的珠珠，猛然发现坐在飞艇上的她安然无恙，并未受到沙子一丝一毫的袭击。她不肯走，只是因为她并未发动引擎。她想观看一出好戏。

“我早说了，在财富面前，爱情经不起考验。”

珠珠漠然的声音从头顶上方传来，我和吕露此刻已完全陷入了沙坑里。四周好似搁着几台无形的推土机，正高效而迅速地推动沙子掩埋我们。我扭过头，发现吕露早已面色惨白。

“我也说了，我的能！”

我扔掉挂在车把上的潜水头套，接着将手伸进裤兜，掏出所有珍珠用力向沙漠抛去。顿时，沙状触须仿佛退下的潮水，快速移步而去。它们钻入摩托飞艇的气垫下，一眨眼便消失得无影无踪。

“没事儿了。”我转身抱住吕露，不停地拍着她的肩。她的脸渐渐有了血色。随后，她躺在我怀里小声哭起来。

等吕露情绪稳定后，我启动了摩托飞艇。飞艇离地，车尾喷出蓝色火焰的那一刻，我终于松了一口气。

飞艇离沙漠越来越远。当它上升到五百米处时，我和吕露看到了那场海啸。

毫无防备地，沙漠表面好似猛地被割开了一道道口子，里面同时喷射出一根根桥墩般粗壮的水柱。水柱仿佛是活的。它们不断长高、移动，自发连接与合并在一起，最后在沙漠的东南方形成了一堵厚墩墩的高墙。高墙上升到约摸三百米的地方停住了，看样子它蓄势待发。三秒后，它倾倒下来，一路咆哮着淹没一望无际的沙漠，简单轻易到犹如一桶水冲掉小孩搭建的沙丘。海水很快覆盖、渗透沙漠表面，将它再一次变成了海洋。

我和吕露吃惊地俯视着这番景象，谁都没有说话。

“沙海星球或许就是以吞噬自身、再造自身的方式，守护着这个星球最宝贵的财富吧。”良久，吕露开口说。

“或许吧。”我应道。

“我俩在沙漠里看到的那个男人，是强子？”吕露的声音听上去有些悲伤。

“不，他只是千千万万个强子中的一个。”

“对于沙海星球来说，那些珍珠就是它的爱情。不管它如何变化，是沙漠还是海洋，它也会死守着它们。”吕露将脸贴到我的背上，幽幽地说，“如果谁要带走它们，就得拿自己的爱情来交换。”

“珠珠根本不明白，爱情不应该拿来和财富比，爱情就是最宝贵的财富。”我看了沙海星球最后一眼，接着按下摩托飞艇的加速按钮。

标签
偶像

每个人都要找到属于自己的
人生方向，找到北。

1

在和第三任女朋友分手后的第一天，我去银行取出了五年的积蓄，数目虽然算不上巨款，但对我而言是一笔巨大的开销。接着，我托朋友 B 打听到一处地址，去那里强行删掉了一道标签。

删掉标签后的一个春日下午，我在公寓楼下遛狗时遇到了一个似曾相识的女孩。那会儿她刚走出小区的标签室。

这座城市里的所有人，每三个月就会去一次标签室，将他人对自己的评价的大数据汇总与分析，确认、添加或删除自己的性格标签。这种牢固而规律的行为，几乎如四季轮换一般再自然不过。

女孩看见我后，竟满脸灿烂笑容，步态轻盈地奔向我。她全身充满了活力，仿佛是美好春光分割而出的一块切片。

“之前在酒吧里遇到过你？”她来到我面前，目光从我的脑袋上方移到脸上。不知从何时起，人们已经习惯在与人交谈时率先看向对方的头顶，而不是眼睛。她从我的目光里得到了确认，“那是什么时候来着？”

2

半年前，我在蜗牛酒吧遇见了女孩。女孩的名字记不得了，但因其样貌和声音搭配起来呈现的独特性，我对她印象深刻。那晚我由于同样的原因刚和第二任女朋友分手，正一个人闷在家里时朋友B打来电话，结果被拉来了这里。

酒吧里挤满了年轻人，光线太暗，音乐声太吵。很多人在吧台处花上二十块钱，为头顶上方的全息气泡框涂上荧光粉。黑暗中，那些五颜六色的性格标签格外抢眼，它们是求偶地图中的路标，把男男女女引向各自心仪的对象。

酒保问我要什么颜色，我鬼使神差地脱口而出“粉红色”，接着便坐在吧台边大口地将黑啤灌进肚。朋友不知去了哪里。

“嗨。”第二杯啤酒刚喝到一半，一个女孩滑上了我旁边的高脚凳。

女孩的长相很特别。明明有着一对魅惑众生的狐狸眼，里面却闪现出孩童般赤诚的光，小而尖的鼻子让我想起某类灵动的小动物，丰润的嘴唇却又向性感靠拢。我惊讶于那些矛盾点是如何在她脸上找到了一种舒适的平衡。而等她一开口，那些奇妙的矛盾和平衡又再次叠加了。

“你居然选择了粉红色的荧光粉。”她的声音让我全身产生一阵酥麻感，接着好似整个人掉入一张柔软的大床上。柔软的被子、和煦的微风以及墙上浅淡的光影一齐按住我的手脚，软绵绵的我不停地坠入放空思绪的惬意中。

我定定地看着她，无法开口说话。一个人的声音怎么能让人产生如同雨天午后迟迟不愿起床的感觉？

“你有没有想过，我们头上的标签是假的？”她认真地盯着我，自带媚态的眼睛一眨不眨，“标签只是露出冰山的一部分，真相隐没在冰山之下。难道大家从来没思考过这个问题吗？”

得得得，这算哪门子问题？柔软的大床倏忽消失，惬意舒适席卷而逃，我在一瞬间惊醒过来。有着这般慵懒迷人声线的女孩难道要进行严肃思考了？在这里？用这种语调？

“至少我的标签货真价实。”我指了指脑袋上方的粉红色气泡框。

“疑心重？”她笑了，“比不要脸好多了。”

“‘疑心重’当然不比‘渣男’‘变态’‘妈宝男’来得严重，但搁在亲密关系里，它绝对是非常糟糕的一种性格特质。”

她再次笑了：“每个人都有自己的性格困境。”

“你在开玩笑吗？”我像读着精美食品包装袋上的配料表一样，慢慢地念出她头顶上方浅蓝色气泡框里的标签，“漂亮，性感，妩媚，温柔，自律，魅力十足，异性缘好，有神秘感。”我察觉出异样，猛然将目光移到她的脸上，“不可能啊。”

她当然知道我在说什么。她的所有标签里没有一个上面有红色爱心。那是象征亲密关系里恋人的核心评价。

“是的，我还没谈过恋爱。”她柔媚的声音飘散开，我俩头顶上方的空气似乎也变得性感起来。

“不可思议。”我盯视了一会儿她的脸，低头喝了口啤酒。此时朋友不知从哪儿冒出来。他拍了一下我的肩，开始兴奋地向我讲起在卫生间外遇到的一个有趣的女孩。我听得心不在焉，几次试图打断他，无奈都在他高昂的情绪前败下阵。等他终于讲完，我侧身寻找女孩的身影时，她已像一团烟一般消失不见了。

“刚坐我旁边高脚凳上的女孩，你看见她去哪儿了吗？”我恍惚道。

“没注意。”朋友显得有些意外。

我想起她迷人的眼睛和性感的嘴唇，让人心底酥痒的声线以及完美的标签，再次轻声感叹道：“不可思议。”

3

我的目光偷偷地扫过女孩头顶上方悬浮的全息气泡框，确定了每个标签上仍旧没有红色爱心。

在与女孩聊天的过程中，我得知她刚搬来小区不久，之前一直和几个女性朋友住在市中心的一套出租屋里。

“搬来这里是想试着一个人住。”她一张口，声音便似手指拨动琴弦，听得人心醉，“你一直住这里吗？”

“没有，住了半年而已。”我开心地说，“没想到能在这里再次遇到你，更没想到你还记得我。”

“当然记得，有哪个男人会选择粉红色的荧光粉嘛。”

那她一定也记得，之前我头顶气泡框里的“疑心重”；她一定也已注意到，如今这个标签消失了。

“我会啊。”我应道，目光粘在一个突兀的标签上。邋遢?我记得很清楚，上次在酒吧里看到的她百分百拥有清一色的褒义标签。

“刚去小区标签室添加的。之前和女朋友们一起住时，我的衣服、鞋子、包包、化妆品总是四处乱扔，她们都说我‘邋遢’。”她察觉到我的目光，语调甚至有点开心，“我说出来你会相信吗?我能一个月不拖地，地板油滑到苍蝇也不会光顾，因为苍蝇站在上面会闪着腿。”

我忍不住笑起来。

“别笑，我真的很邋遢。”她辩解道，眼神认真而执着。

“‘邋遢’虽然和你的其他标签不太搭，但也很可爱。”我说出了内心真实的想法，“说实话，之前你的标签太无懈可击了，几乎接近完美的女性形象。但我始终觉得，一切看上去完美的东西一定是有问题的。”

“我果然没看错你。”她赞许道。

我不明所以地望向她，可她已蹲下身抚摸趴在我脚边的狗:“好漂亮的秋田犬，叫什么名字?”

“奶茶。”

“你呢？”她抬起头。

“邬超。”

“我叫 7 号。”

“7 号？”我瞪大眼睛。

“对。”她冲我笑起来，眼睛妖娆如狐，眼神却明媚如光。

我仿佛掉进绚烂春光里，渐渐地成为了春光的一部分，万千道光穿透我的身体，我从未快乐到如此发光发亮。

4

仿佛是开启了连锁反应，自上次遇见 7 号以后，我便经常在小区里遇到她。AI 食堂，自助菜市，无人便利店，干洗店，健身房，一周总有四五次，我能在这些地方瞧见她的身影。或许是我神经过敏，每次和她打招呼或闲聊时，她的活力都以肉眼可见的速度增加了一点儿。语调比上次愉快一点儿，表情比上次丰富一点儿，状态比上次活泼一点儿。简直让我怀疑有人每日在定量向她体内注射活力因子。

一个凉爽的傍晚，我正围着小区跑步时看见了 7 号。那会儿她正坐在人工喷泉前的长椅上，饶有兴致地注视着反复升起落下的水柱。

我按了下手环上的按钮，摘下轻便型 VR 眼镜，大片森林便从我眼中撤去。我快步朝 7 号走去，满脸是汗，运动背心早已湿透。

“邬超。”看见我后，她笑意盈盈地和我打招呼。

“是正要去运动,还是已经运动完了？”在运动衣裤的包裹下，她的身材显得更为纤细柔弱。

“刚换上衣裤，戴上运动装备而已，”她若有所思地说，“湖泊、森林、沙漠、山地、郊野，等等，所有的VR跑步场景我都反复跑过很多次了。”

“腻烦了？”我建议道，“升级下软件，最近上新了新场景。”

“不，我再也不跑了。我根本就不喜欢跑步。”她指了下头上的悬浮框，“但只有坚持才能保持‘自律’这道标签不是吗？”

“是的。”

“你喜欢跑步？”她兴致勃勃地问。

“算不上喜欢，看心情。”

“对呀，想跑就跑，不想跑打死也不跑，这才是正确的态度嘛。”她快活地笑起来，“知道那晚在酒吧里我为什么走向你吗？吸引我的并不是你粉红色的荧光粉，而是你‘疑心重’的标签。谁会把自己的缺点那么堂而皇之地展现出来啊，那好比在自己身上放了一把火。真实需要勇气。”

“真实？哪有人喜欢真实？所有人都只想看到美好的幻象。”我告诉她，那晚不过是因为自己失恋后太过失魂落魄，以至于做决定的时候根本没过脑子。

她慢慢地从椅子上站起来，清澈又柔媚的目光落进我的眼睛里：“邬超，真实的缺点永远好过虚假的美好。”

我还未反应过来，嘴唇上便已落下一阵温热和柔软。

“原来吻是咸的。”片刻后，7号移开嘴唇，仿佛发现惊喜的事物一样低声喊出来。

5

社交软件，没问题。虚拟游戏，没问题。聊天互动，没问题。我看着在床上熟睡的7号，轻轻地将她的手机放回床边的小几上。

这是我和7号在一起的第二十三天。从第一天起，偷偷地检查她的手机便成了我每日的例行公事。

7号的记录太干净了。干净得让我起疑。

她没有朋友，没有社交圈，工作也因她说想休息一段时间而辞掉了。每天吃过一日三餐，遛完奶茶后，她的消遣活动不是独自一人看书，就是打麻将。哪怕打麻将，她也是和网购的三个机器人一起玩。除了在小区购物时对工作人员做出必要的回应，她的交流对象只限我一个人。刚开始我还担心7号这样生活会感到无聊，但从她每天起床都哼着歌，直到晚上也精神饱满的状态来看，她完全乐在其中。

一天晚上，我换上跑鞋，穿戴好运动装备，邀请7号和我一起跑步。

她穿着一件中国风的睡袍，交叠着双腿，上半身陷进枣红色的沙发里，妩媚的眼睛紧盯着手里的一本书。

“不不不～”她古灵精怪的发音转了几个调，像一串优美的滑步，“看书有趣多了。”

“你的‘自律’标签三个月后会被删除的，不觉得可惜吗？”

我劝她道，“当初你可是花了那么多功夫才得到它。”

“是啊，足足坚持了一年呢。”她的视线挪到我的脸上，“你呢，花了多少时间改掉‘疑心重’？”

“记不清楚了，”我急忙转移话题道，“好吧，不去也行。去掉‘自律’标签也没什么大不了，很快你就会被贴上‘爱看书’的标签。”

“疑心重没什么不好，某种程度上也可以解读为质疑精神。”她托腮看着我，笑得意味深长，“有质疑精神的人或许会怀疑，我们头顶上的标签可能是假的。”

手环的振动解救了我。我抬起手腕，急迫道：“跑步时间到了。”

“去吧。”7号重新将视线落到书上。

绕着小区跑了半圈后，一只老虎突然从森林一侧蹿出来，猛地将我扑倒在地。我惊恐地盯着它栩栩如生的脑袋和咆哮的大口，赶紧按下了手环上的暂停键。这次跑步的配速、心率和专注度到了历史最低，难怪系统会生成一只虚拟老虎来“惩罚”我。

我从地上爬起来，摘下VR眼镜和手环，在就近的长椅上坐下。我心神不定，再也无心跑下去。7号到底是谁？为什么一直质疑标签的真实性，难道她知道我头上的“疑心重”是强行删掉的？我怀疑7号在怀疑我。

“帮我查一个人。”我掏出手机，拨通了朋友B的电话。

B有一些标签黑市里的门路，只要给到一笔让人咂舌的金额，就能查到一个人增减标签的历程，甚至能知道对方是否有伪造或删除标签。

“谁？”电话那头传来打火机的声响。

“我女朋友。”

B沉默了两秒，随即大笑起来：“删除标签果然没用，‘疑心重’已经烙进了你的心里。她叫什么名字？”

我说出了 7 号的名字。

“7 号是名字？倒像一个代号。”B 建议道，“这样吧，发几张她的照片给我。”

我从手机相册里选了三张 7 号不同角度的照片，接着发送给了 B。

“等我消息。”他挂断电话。

6

男人出现在小区是在五月八日，当然也有可能更早，细想起来的确有在小区里与他擦肩而过的印象。只是五月八日那天，我确定了此人行踪可疑。

那晚我去 7 号家替她拿书，乘电梯到达十六楼时，我看见一个男人站在她家门前。男人头顶上悬浮的气泡框里写着老练、聪明和稳重。他身材瘦削，头发打理得干净利落，身上剪裁得体的西装一看就是量身订制的高级货。他定定地站在门口，察觉到背后的目光后转过身来。

我这才发现此人已经不年轻了。他的额头、眼角和嘴角布满皱纹，但表情坚硬，眼神机警。男人冲我微微一笑，让到一边。我掏出钥匙打开门，正要迈进去时，他在背后叫住了我。

“你住这里？”他的声音虽然苍老，语调却带着威严和盛气。

“是的。”

“一个人住？”

“是。”我隐约察觉到了此人身上的危险气息，面露不快道，“这不关你什么事吧？”

“抱歉。”他朝我略一点头，随后快步走到电梯前，按了下降按钮。

我推门入内，从猫眼里查看男人的动静。果然，电梯抵达后他并没有离开，而是在这层楼四处转了一刻钟左右，最后才乘电梯下楼。为了安全起见，我在 7 号家又多待了一个小时。

拿着书回到家时，7 号正在和机器人打麻将。三个机器人都是清纯可爱的美少女，虽然 7 号给她们取名为“东”“南”“西”，但她们全都长得一模一样。我从未将她们的脸和名字对上号过。

思量再三，我还是凑到麻将桌前，告诉了 7 号男人的事。

“他长什么样？”

我简单地描述了一番。

她立马笑道：“猜到了，是一个脸皱得像苹果，眼神机警得像鹰一样的老年人，对吧？”

“你认识他？”我有些惊讶。

“当然。是我前公司的老板。他准是想让我重新回去上班。没门儿。”7 号突然把麻将铺开，开心地叫起来，“南，和你牌了！

清一色，七对。”

坐在 7 号对面的机器人面带沮丧，接着重重地叹了一口气。

“今天她的手气太好了，不玩儿了。”7 号左手边的机器人赌气般地说。

“对啊，都她一个人赢了。一点快乐也没有啦。”7 号右手边的机器人附和道。

“不好意思啦。”7 号快活地从麻将桌边站起来，手提睡袍向机器人们行了一个屈膝礼。虽然她可爱得要命，但也是名副其实的邋遢。不管我如何频繁地收拾，家里仍旧会很快被 7 号弄得如同打劫现场，唯一整洁的地方恐怕只有眼前的麻将桌了。

“你的前老板，真的不用管？”我拉住她的胳膊，试图让她将思维转移到重要事情上。

她索性靠过来，将柔弱无骨的身子倚在我胸前。她仰起脸，嘴唇凑到我耳边，慵懒的声线似一股电流滑入我的耳朵：“不说那个老男人了，说说我吧。如果拿掉我头上‘漂亮’‘妩媚’‘温柔’这些标签，你还会喜欢我吗？”

“你为什么总喜欢用这么性感的声音问出这么严肃的问题？”我笑着反问她。

她偏过头，用眼神催促我。

“这可是你的性格特质，怎么能轻易拿掉？”

“如果我告诉你，这些标签都是假的呢？”她的目光像要看进我的灵魂，“如果我告诉你，这些标签都是像便利贴一样贴上去的呢？”

"它们当然不是贴的，它们是大数据严格统计和精准推算出来的。"我察觉到她眼神里某种严肃的真实性，立刻替她否认道。

"大数据算不出人心。"7 号面露悲伤。

我沉默良久，而后问她道："有人说过你很聪明吗？"

她轻轻地笑了，语调却有小女孩带着哭腔的委屈："没有男人喜欢女人太聪明。"

我将她搂进怀里，胸口涌起一片温热："如果拿掉你所说的标签，也没关系。因为除了它们，我还知道你邋遢、聪明、爱看书、爱玩麻将。真实的你最最可爱了。"

7

我没料到 B 会来公司找我。那天是午休时间，身穿黑色长风衣的他俨然是从某部悬疑影片里走出来的黑手党。

"离开 7 号。"我俩刚走到玻璃墙边，他便脱口而出。

我愣住了。B 用命令式的语调说话还是头一遭。整体来说，他是个行事果断却不失友好温和的人。

"我以为调查 7 号很简单，三张照片足够了，毕竟现代技术已发达到能在人的脑袋上贴标签了，查一个人的身份岂不易如反掌？结果碰壁得相当厉害。"B 将手伸进风衣口袋，掏出一盒烟来，"她的照片和名字做不了数据分析，不管我用什么方法都会自动过滤掉。"

"太干净了？"

“是的，”B 点燃一支烟，“不如说有人刻意让她这么干净。”

我沉默不语，B 也不再说话，只管默默地吸烟。待他吸罢一支，掏出便携式烟灰缸碾灭烟头后，他忽然简短地说：“7 号是标签偶像。我托人帮忙才知道的。”

“标签偶像？”我疑惑地看向他。

“标签定义了我们，是吧？”B 指着头顶上方的悬浮气泡框，“这些标签来自他人对我们的评价，大数据和人工智能会综合评估它们的客观性，虽说不能百分百准确，但也已经相当接近了。话说回来，这个世界上又有什么东西能达到你心目中的百分百呢，连你最中意的女孩也达不到。”

我点点头，等待他的下文。

“但标签偶像不一样，标签塑造了她们。”B 再次将手伸进口袋探了探，想必还想吸烟，“我们的性格就像流动的水，标签就是装水的容器，每个人拥有的容器形状不同，外观不同，有的甚至已经开裂或者有了缺口，所以才存在一些性格讨喜，另一些性格讨厌的情况。但标签偶像是先选定容器，再注入水。她们的容器永远美丽漂亮，通过数据统计分析还进行了个性化处理，这让她们的性格更鲜活、更多样。她们能满足所有男性的幻想，成为你心目中那个百分百女孩。”

“标签怎么可能塑造一个人？”我无法相信 7 号带给我的切身感受是塑造而成的，那无疑是认为她不过是雕刻而出的模型而已。

“当然能。如果我给你贴上‘勤劳’的标签，渐渐地你就会按照这种方式行事，到最后你真的会勤劳起来。不要低估标签的引导作用。”B点燃第二支烟，用力吸了一口，“7号的人设为漂亮、妩媚、性感、自律、有魅力、有神秘感，我有没有说错？实际上，你的女朋友只是标签制造商做出来的一个产品，7号是她的编码。知道她为什么叫这个名字了？”

我第一次想给B的下巴狠狠地来上一拳，但我强忍住了。

“另外，标签偶像只可远观不可亵玩，她们绝对禁止谈恋爱。听说7号的经纪人发疯似的在找她。那帮人放在黑市里也是极其危险的角色，谁也惹不得的。他们就靠着标签偶像赚钱，损失她们无疑是割下他们的肉。”B拍了拍我的肩膀，“这就是我今天急着来找你的原因。邬超，离开她吧。”

“你说的我根本不信，我不会离开她的。”我的声音在微微发颤。

B将香烟放回兜里。他拍了拍风衣，上前几步直视着我的眼睛：“7号知道你在调查她吗？知道你‘疑心重’的标签是强行删掉的吗？你俩就是这样自欺欺人的？”

我几乎忘了B是如何飞身倒地的。等他抹着嘴角的血迹站起来，我才意识到自己刚刚揍了他。

8

我坐在自动驾驶汽车上，努力让自己理清思路。B离开后，我便向公司请了假，匆忙赶回家里。

7 号之所以质疑标签的真实性不是在怀疑我，而是提醒我她的身份？如此完美的她却没有恋爱经历，也是由于标签偶像禁止谈恋爱？那个在她门前徘徊的男人，是她的经纪人？她的社交圈和社交软件一片空白，是因为她想和过去的一切斩断关系？所有的怀疑都能得到合理的解释，前提是我得承认，如同 B 所说，7 号就是标签偶像。我急切地想回到家，让 7 号亲口告诉我真相。

打开门后，只见三个机器人排成一字形站在门前迎接我。长相清纯甜美的三胞胎机器人异口同声地冲我道："你回来了。"

我紧张地望着她们。反常行为往往预示着事态发展不妙。

"7 号和她的经纪人一起离开了。"三个中的一个对我道。

"经纪人？"我的心直直地往下坠。

"脸皱得像苹果，眼睛机警得像鹰的那个老年人。"中间的一个机器人回答道。

"7 号托我们留言给你。"另一个机器人说。

我举手示意，让她们稍等片刻。接着，我去立柜那儿取出一瓶白兰地，往玻璃杯倒进一指的高度，仰脖一口喝了。我莫名头疼得厉害，两侧太阳穴"突突"地跳，脑袋深处似有锤子在用力敲打。我摇摇头，走进厨房煮了杯咖啡。当我手握马克杯回到客厅时，东、南、西已在麻将桌前落座。

"可以了。"我在 7 号之前的位置上坐下。

对面的机器人美少女冲我点点头，递过来一副 VR 眼镜。我戴上眼镜，看见了站在我身边的 7 号。她仍旧穿着那件中国风的睡袍，既性感迷人，又纯真稚气。

“邬超，你听说过标签偶像吗？想必你也没听过。”她可爱地笑了，“科普一下，标签偶像头顶上所有完美的标签都是像便利贴一样贴上去的。贴标签不是坏事，只要那些标签好看，是吧？我之前也是那么认为来着，所以当标签公司的人找到我，说能为我先贴上好看完美的标签，余下只需要往美好的方向努力就行，我立马便答应了。毕竟，谁不喜欢那些美好的标签词汇啊。我以为自己想成为那样的人。

“我一直认为那些标签是了解自我的窗口，后来我渐渐发现，不是的，它们是引导你成为固定人设的精神针剂。美好固然美好，但它可能并不适合我。我逐渐感觉到一种撕裂感，自我意识和标签人设开始产生强烈的冲突。诚然如此，公司的强行要求，经年累月养成的习惯仍让我一步步地向标签上的那个人靠拢。但如果删除了那些标签，我自己到底是什么呢？真相隐藏在冰山之下。

7 号将一只胳膊搭在我肩上，凑到我的耳边继续道：“还记得我告诉你自己从合租公寓里搬出来，来这里一个人住吗？从我拒绝成为标签偶像后，我就知道等着我的是什么。我知道他们会找到我，让我付出代价。我一点也不害怕。我接受一切——一切混乱。

“我从没有如此开心过。我开始了解自己，慢慢知道我是谁了。我不再需要标签来定义我，来塑造我。这就是我。真实而彻底的我。牢固而不可摧毁的我。深深地刻印在我心里的我。我邋遢，死宅，讨厌打扫房间。我喜欢看书，喜欢打麻将，喜欢奶茶，邬超，我还喜欢你。”

我摘下 VR 眼镜，将脸埋进手掌里。我怎么也没想到，自己为之苦恼不已的“疑心重”居然能成为 7 号走向我的契机。疑心重的人难道就不值得爱吗？她说得对。真实的缺点永远好过虚假的美好。正是那些真实的缺点，决定了我的自我，决定了我是谁。我对她应该更为坦诚相待的。

“我还能见到她吗？”我抬起头，满脸是泪，目光扫过眼前的机器人美少女。

“不能了。”其中的一个回答道。

“你可以试着去找找‘北’。”另一个建议。

“北？”我疑惑地问。

“7 号后来给自己取的新名字，叫作‘北’。”另一个机器人美少女说，“她说，每个人都要找到属于自己的人生方向，找到北。”

“真是个冷笑话。”我苦涩地笑道。

“她是有点冷幽默。”不知名为东、南还是西的机器人美少女说。

9

我尽量让家里维持凌乱，以便哪天带着北回家后，她能感受到一切如常的亲切和熟悉。我学会了打麻将，这样便能从与东、南、西的聊天中听到关于北的只言片语。太过想念她时，我就反反复复地观看她离开前给我的留言。她穿着中国风睡袍的慵懒，顾盼生姿的灵动和让人魂牵梦萦的声线，都被我近乎偏执地印进脑子里。我不知道她在哪儿，但我仍抱着一丝希望固执地出门寻找。我相信能在一个小区里遇见她，便也能在某个地方找到她。

第二年盛夏的一个午后，在人头攒动的大街等红绿灯时，我看见了那个男人。尽管已经是夏天，他仍旧穿着一丝不苟的西装，模样也丝毫未变，仿佛人老到一定程度样貌便锁住了。我和他并排站着，隔着两个人的距离。他很快察觉到我审视的眼神，猛然转过头来，正好对上了我的目光。

“是你。”他笑了。

“她在哪儿？”我全身的血液直往上涌，心脏剧烈地撞击着胸腔。

“发怒是没用的，她不在我这儿。”他面色从容道，“边喝杯咖啡边聊如何？”

我俩就近找了家街角的咖啡馆，一前一后走了进去。

“我从你家里带走了她，这没错。”咖啡还未上桌，他便率先开口了，“公司有公司的规则，在庞大的商业机器运转中，个人自由和个人意志为零，这你懂吧？”

我没说话，只是聚精会神地盯着他，仿佛他是一个下一秒就要在咖啡馆投下炸药的恐怖分子。

“公司给了她两个选择，”男人伸出两根手指，“一个是之前的事和她对公司造成的损失一笔勾销，往后卖力干好本职工作即可。从这点来看，公司并不是只顾赚钱的冷血怪物对吧？另一个是赔偿巨额金额，人得对自己做的事付出代价，要不然整个社会绝对会报废，是吧？”

“而那笔金额她根本支付不了，对吧？”我开口道。

他再次笑了。这时候服务员端来咖啡，他道过谢，小啜一口后用纸巾擦了擦嘴角。

“所以就有了第三种选择。”他锐利的目光扫了我一眼。

“是什么？”

“我们有办法删除一个人的所有标签。”他的声音异常冷酷，“这意味着不管你的性格变成什么样，头顶上方的气泡框里始终都空无一物，永远的空无一物。在一个人人都靠标签认知对方的数字化社会，没有标签无异于扒光一个人的衣服，让他赤裸示人。”

我看着他动作优雅地端起咖啡杯，沉着地呷着咖啡，体内的愤怒几乎快要喷涌而出，但一股深深的无力感压住了我。坐在我面前的虽是位老人，但其背后耸立着无可撼动的强权和暴力。我深知自己斗不过他，被其从社会上“一笔勾销”也不是没可能。

“7号最后做出了第三种选择。”他的目光重新回到我的脸上，“公司放她走了，承诺再也不会干扰她的生活。”

我忽然感到一股强烈的悲哀，为何非要做到如此地步不可呢。我兀自摇了摇头，久久地陷进椅子里，全身好似被抽空了力气。

男人叫来服务员，付了咖啡钱和小费。他站起身，像从没注意到我一般从我身边走了过去。

“等等，”我猛地站起来，看着他转过脸，“为什么要制造标签偶像，以现在的技术，直接制造出完美的AI美少女，不是更方便吗？”

“因为再逼真的AI也是假的。”他的笑竟透出几分真诚，“想在现代化设备里接近自然美景，想在理性的科技时代抓住毫无理智可言的爱情。试着同时拥有现实和梦幻，这不就是人吗？”男人冲我点下头，快步离开。

不知道我又坐了多久，直到服务员再次上前，问我是否还要续杯咖啡，我才从沉思中回过神。我摇头说不必了，接着站起身。

那个没有标签的人，那个头顶上悬浮着空白气泡框的人，只有我清楚她内心的笃定和勇敢。我一定要找到北。我推开玻璃门，走进炙热凶猛的夏日白光中。